JN088414
海鳥東月の『でたらめ』な事情
UMIDORI TOUGETSU NO DETARAME NA JIJOU
4

「あれ、どうしました海鳥さん？　ぜんぜん食が進んでいないみたいですけど？」
「…………〰〰っ！」
その顔色は、今にも爆発しそうなほどに真っ赤である。

「わしに内緒で、なんぞ悪だくみでもしたかったのか、綺羅々？」
「…………っ！」
途端、痛いところを突かれた、という風に、黙り込んでしまう清涼院だった。

でたらめちゃん
Detaramechan

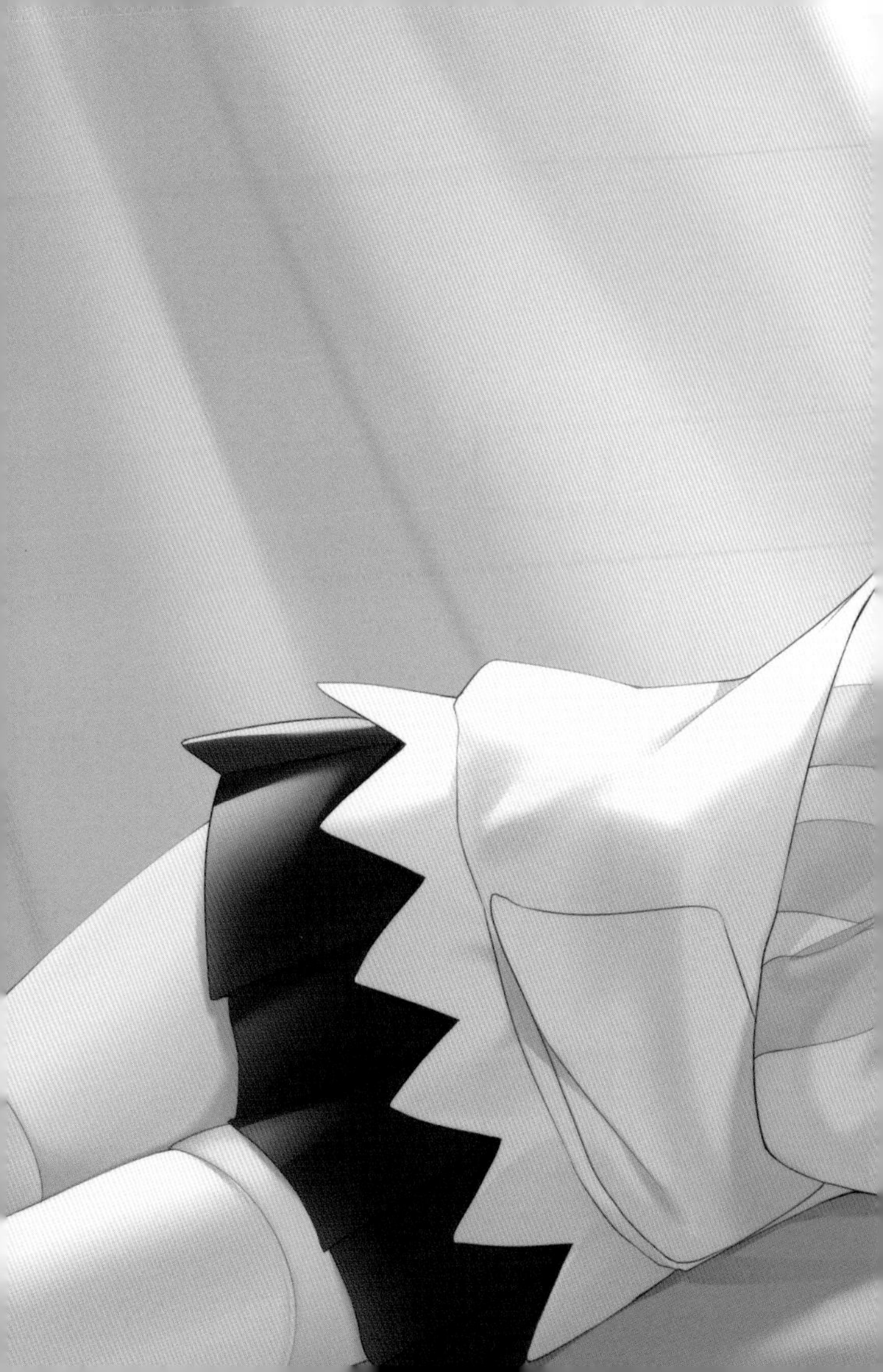

UMIDORI TOUGETSU NO DETARAME NA JIJOU

CONTENTS

海鳥東月の『でたらめ』な事情 4

両生類かえる

MF文庫J

口絵・本文イラスト●甘城なつき

プロローグ

それは、十年前のこと。

兵庫県神戸市。

四月某日。

ある昼下がり、どこにでもあるような、喫茶店の店内にて。

「…………」

泥色の帽子を目深に被った、一人の男が、窓際のテーブル席に座り込んでいた。

細身の男性である。

年の頃は、恐らくは20代の後半から30過ぎといったところだろう。

「……………」

男は、なにやら真剣な顔つきで、考え事をしている様子だった。

顎に手をやり、窓の外の景色を睨んだまま、ぴくりとも動かない。

昼下がりの喫茶店ということもあって、他のテーブル席からは賑やかな話し声が聞こえてきていたが、それも彼の耳には入っていないらしい。

テーブルの上に置かれた、並々とカップに注がれたホットコーヒーに、手をつけようという気配すらない。

と、そんなときだった。

「なんじゃ？　お前、このコーヒー飲まんのか？」

そんな陽気な声と共に、真横からにゅっ、と細い腕が伸びてきて、テーブルの上のカップが掴み取られてしまう。

「………え？」

驚いたように、真横を振り向く泥色の帽子の男。

視線の先、コーヒーカップを持っていたのは、一人の少女だった。

「いらんのなら、わしが代わりにいただこうかの～」

――否、少女というよりも、幼女と表現するべきだろう。

130㎝台半ばほどの、小学四年生にも満たなそうな体躯。

枝のように細い手足に、まるで起伏のない体つき。

何より印象的なのは、雪原を彷彿とさせるような、美しい銀髪である。

長い銀髪をハーフツインにしている。

そして肌の色は、綺麗に日焼けした小麦色だ。

「ほほっ、ちょうど喉が渇いておったのじゃよ」

幼女はニコニコと微笑みながら、尚も言葉を続ける。そして男の返答を待つこともなく、何の躊躇もなく、手中のコーヒーカップに口をつけていた。

「あっ⁉」

慌てたように声を上げる男。が、そんな声など気にも留めず、幼女はカップを傾け、中身を一気に飲み干してしまう。

「――ぷはっ！　うむ、中々どうして美味ではないか。そこいらの喫茶店のコーヒーだからと、馬鹿に出来んもんじゃのう」

「…………………」

上機嫌に語り掛けられ、椅子に腰かけた男は、呆然と幼女を見返している。

「……いや、急になにするんですか、清涼院さん」

男は、困惑の声音で、幼女に問いかけていた。

「それ、俺のコーヒーだったんですけど？」

「ほほっ、ケチくさいことを言うでないわ！　こんな安物のコーヒー、欲しいのならまた頼めばええじゃろうが！」

清涼院、と呼ばれた幼女は、まるで悪びれる様子もなく言葉を返す。

そしてそのまま、テーブルを挟んで男の向かい側の座席に、ゆっくりと腰を下ろして、

「まあ、とりあえず遅れてすまんかったのう、泥帽子」

と、そう言葉を続けていた。

「本当は、もう少し早くここに到着するつもりだったのじゃが、思いのほか神戸観光に時間を取られてしもうてのう。結局一時間も遅刻してしもうた。どうか許してくれ」

「…………」

男――泥帽子は、やはり何とも言えなそうな顔で、幼女を見つめ返す。

「……いえ、お気になさらず清涼院さん。言うほど待ってもいませんので」

が、ややあって泥帽子は、思い出したように口元に笑みを浮かべて、幼女に語り掛けていた。

「というか、むしろすみません。急にお誘いしたにも拘わらず、時間を作っていただいて。ご迷惑ではなかったですか？」

「……んー？　迷惑？　いや、全然じゃが？」

ひらひら、と掌を振りつつ、幼女は答える。

「この時間帯は、特に予定もなかったからのう。気が向いたから来てやっただけで、お前に礼を言われるような筋合いはないわ……そして泥帽子よ。その呼び方はやめろと、確か前にも言わんかったか？」

「え？」

「わしのことは苗字ではなく、下の名前で呼べ」

泥帽子の目を真っ直ぐに見据えて、幼女は力強く言い放っていた。

「清涼院という名は、わしの作り上げた、わしの家族すべてを現す名前じゃ……わし個人を指す名称としては相応しくない。

わしを呼ぶときは、白薔薇さんと、常にそう呼べ」

「……ああ、これは失礼しました」

幼女の言葉に、ゆっくりと頷いてみせる泥帽子。

「確かに以前、同じ注意をされたことがありましたね。俺としたことが、すっかり失念していました。以後気を付けるようにします、白薔薇さん」

「ん、それでよい」

白薔薇、と呼ばれて、満足そうに頷いてみせる幼女。「で？　挨拶はもうええから、早速本題に入ってもらえるかの、泥帽子よ。今日は何の用があって、わしをわざわざ呼び出したのじゃ？」

幼女――白薔薇は、面倒そうな口調で言う。

「しかし、昨夜は驚いたぞ。『白薔薇さん、今神戸を旅行されているんですよね？　実は俺もたまたま神戸に来ているんですよ。よければ明日、少しだけお時間もらえませんか？』などというメールが、お前から届いていることに気づいたときにはな。まったく、どこでどうやって、わしの旅行の情報を掴んだのやら」

「…………」

「まあ、さっきも言った通り、たまたま暇もあったからこうして来てやったわけじゃが……もしも下らん用件なら承知せんぞ？　わしは今、六甲山牧場で羊を追いかけ回してクタクタの身体に鞭うって、わざわざここまで出向いてやったのじゃからな」

「……はあ、牧場で羊を。それは確かにお疲れでしょうね」

そんな気怠げな白薔薇の言葉を受けて、泥帽子は苦笑いを浮かべていた。

「そう言われると不安になってきます。俺としては割と軽い気持ちで、白薔薇さんにお声がけしただけだったんですけど――はたして今回の催しものは、白薔薇さんのお眼鏡に適うものか、どうなのか」

「……催しものじゃと？」

白薔薇は眉をひそめて、

「なんじゃ？　要するに、またいつものお前の悪だくみか？」

「ははっ！　悪だくみですか。確かにそうかもしれませんね」

言いながら泥帽子は、またも懐に手を突っ込むと――今度は封筒ではなく、一枚の写真を取り出して、白薔薇の前に差し出していた。

「……なんじゃこれ？」

それは、少女の顔写真だった。

白薔薇よりも、外見年齢はかなり幼い。

恐らく小学校に上がりたてと言ったところだろう。

長く美しい黒髪に、やや気の弱そうな顔立ちの印象的な少女だ。

「…………いや、誰じゃこの娘？」

若干の沈黙のあと、困惑したような声を漏らす白薔薇。

そんな彼女の反応に、泥帽子は満足そうに頷いて、

「ふふっ、白薔薇さん。その女の子はね、俺の新しいおもちゃですよ」

「……はあ？」

「そのおもちゃを使って、この神戸の町で、ちょっと面白い実験をやろうと思っているんです」

「…………実験？」

「けっこう大がかりな実験になると思います」

泥帽子は、心から楽しそうな口調で言うのだった。

「『きっかけ』を起こすのは今からですが、本当の意味での『結果』を観測できるのは、ずっとずっと先のことになるでしょう。それこそ、何年もかかってしまうかもしれません。でもね白薔薇さん、俺には確信があるんですよ――きっとその女の子は、いずれ俺にとって、最高に面白い光景を見せてくれる筈だってね」

◇◇◇◇

そして現在。

兵庫県神戸市。

こちらは八月某日。

北区、有馬温泉の土産物通りを、二人の少女が歩いていた。

一人は金髪お嬢様。

もう一人は、黒髪のメイド。

「それにしても、道狭いですわね～、ここ」

と、左右の土産物屋を見渡しながら、金髪お嬢様――清涼院綺羅々は、慄いたような呟きを漏らしていた。

「一応公道みたいだけど、とてもじゃないけど、道路として機能する道幅とは思えないわ。例のリムジンなんかじゃ、絶対に通り抜けできないでしょうね」

「確かに、相当難しいと思われます」

そんな清涼院の呟きに、傍らの黒髪のメイド――守銭道化は真顔で言葉を返す。

「もちろん綺羅々さまのご命令とあらば、この命に代えても、リムジンで通り抜けてみせますが」

「……いや、いいわよ命かけなくて。そんなしょうもないことに」

清涼院は呆れたように言う。

「大体ね。わたくしもう、リムジンなんて金輪際乗らないって心に決めたの。あんな長いだけの車、思い出すだけでも気分が悪くなってくるわ」

……などと言い合う彼女たちの他にも、結構な数の観光客たちが、同じように土産物通りを歩いている。まだ日も暮れていない時間帯ということもあって、かなりの賑わいである。

そんな中でも、金髪お嬢様とメイドという組み合わせの彼女たちは、相当の衆目を集めている様子だった。「なにあれ？　外国人？」「綺麗な金髪」「メイドさんのコスプレ？」

「まさか本物じゃないよね？」などと、すれ違う観光客たちはひそひそと囁き合うが、当の本人たちは特に気に留める様子もなく、すたすたと土産物通りを進んでいく。

「それにしても、一体どういう風の吹き回しなのかしらね」

そして清涼院は、眉をひそめて呟くのだった。

「この神戸の町に、〈泥帽子の一派〉の『中核メンバー』を全員集合させるだなんて……今まではそんなこと、一度だってなかったわよね？」

「はい、今回が初めての筈です」

守銭道化は頷き返す。「少なくとも、綺羅々さまが『中核メンバー』に加入されて以降において、ですが」

「……まったく、今度は一体どんなろくでもないことを考えたのかしらね、泥帽子さんは」

清涼院はうんざりしたようにため息を漏らして、

「……はあ～、ねえ守銭道化。『中核メンバー』が全員集合ということは、それは当然、『あの人』も神戸に来ているってことよね？」

「……？　『あの人』？」

「決まっているじゃない。例の妖怪ロリババアのことよ」

清涼院はうんざりしたように顔をしかめて、

「あの人と顔を合わせることを想像すると、死ぬほど憂鬱だわ。本当にあの老いぼれ、一体いつになったら、この世から退場してくれるのかしら……」

――と、その直後だった。

「きゃっ⁉」

そのまま前進を続けようとしていた清涼院は、唐突に横合いの守銭道化に、その腕を掴まれていた。バランスを崩し、その場でつんのめってしまう。

「ちょ、ちょっと⁉　急になにするのよ、守銭道化⁉」

「…………」

慌てて真横を振り向いた清涼院に対して、守銭道化は彼女の腕を掴んだまま、正面から視線を外さない。

なにやら、真剣な表情である。

「……お下がりください、綺羅々さま」

そして正面を睨んだままで、守銭道化は清涼院に語り掛けていた。

「私たちの進行方向に、空論城さんがいらっしゃいます」

「……え？」

言われて、弾かれたように正面を向く清涼院。

彼女たちの正面では、今までと変わらず、大勢の観光客たちが群れを成している。

……が、そんな集団の中から、ちょこん、と一つだけ頭が飛び出ていた。

女性の頭部である。

「――ん？」

清涼院たちの姿に気づいたのか、その女性は、驚いたように視線を向け返してくる。

それと同時に、観光客の群れがたまたま捌けて、女性の全体像が、清涼院たちの視点からも露わになる。

それは、黒スーツの女だった。

ぴったりと身体にフィットした、漆黒の高級そうなスーツ。黒い髪。そして黒いブーツ。全身『黒』一色の彼女は、異様に身体の線が細く、脚が長く——そしてなによりも背が高い。女性としては、まず滅多に見ないような高身長だ。１７０㎝どころか、１８０㎝をも上回っているかもしれない。

髪型が女性的でなければ、多くの人間が、彼女のことを美青年と見紛うのではないだろうか？　実際に女は凛々しい表情で、清涼院たちの方をじっと見つめてきている。

だが——

「あれ～!?」

ややあって、女の凛々しい表情が、にぱあ～、と崩れる。

子供のような、溌剌とした笑みだった。「清涼院さんに、守銭道化さんじゃないっすか！　えっ、なにしてるんすか、こんなところで！」

そして彼女は、清涼院たちに向けて叫んできていた。

かなりの大声である。

他の観光客たちが、思わず何事かと振り向いてしまうほどの叫び声だ。

「あははっ！　すっげ～偶然！　こんなことってあるんすね！」

女は尚も嬉しそうに叫びつつ、とたとた、と清涼院たちの傍へと駆けよってくる。それほど距離が開いておらず、また女の歩幅が大きいこともあって、数秒とかからなかった。

「めっちゃお久しぶりっす！　こんにちは！　いや、時間的にはこんばんはっすかね!?　あはははは っ、よく分かんねーっすね！」

「…………っ！」

いきなり至近距離で捲し立てられて、思わず顔を引きつらせる清涼院。

「……え、ええ、ごきげんよう空論城さん。こちらこそ、お久しぶりね」

「いや、マジでびっくりっすよ！　こんなばったり、清涼院さんたちと鉢合わせするなんて！」

スーツの女——空論城と呼ばれた彼女は、依然として溌剌とした笑みを浮かべつつ、自らの頭をぽりぽり、と掻いてみせる。「ああいや、別に偶然ってわけでもないのか！　そもそもウチら泥帽子さんに言われて、ここに集合させられてるんすもんね！　あははっ、ウチったらまた馬鹿なこと言っちゃったっす！　うっかりうっかり！」

「…………」

「あ、そうだお二人とも！　良かったら、これ食べます？」

と、どこまでも元気よく、大きな声で捲し立ててくる空論城。見ると彼女の片腕には、高級そうなスーツとはまったく不似合いなビニール袋がぶら下げられている。

完全に気圧されたような様子で、清涼院はまじまじとビニール袋を見つめていた。

「……？　炭酸せんべいって書いてあるけど？」

「はい、炭酸せんべいっす！　なんかそっちの売店で売ってたんで、ノリで買ってみたんすけど、めっちゃ美味いんすよ！」

ぱんぱんっ、と空論城はビニール袋を叩いて、

「実はウチ、さっきから食べる手止まんなくて、もう一袋食べ切っちゃったんすよね！　なんでこれ、お代わりで買ってきた二袋目なんす！　まあそんだけ食べても、どの辺に炭酸要素があんのかはちょっとよく分かんないんすけど！　あはははははっ！」

「……へ、へえ、そうなの」

やはり顔を引きつらせて相槌を打つ清涼院だった。（……空論城さん。こうして会うのは久しぶりだけど、やっぱりわたくし苦手だわ、この嘘のこと）

口には出さず、内心で彼女は呟く。

（見た目だけなら、スタイル抜群だし、凄く格好いいおねーさんって感じなのに……いざ喋ると、小五男子にしか見えなくなるのよね。声大きいし、無駄にテンション高いし）

「……あの、ところで空論城さん」

と、そこで出し抜けに口を開いていたのは、守銭道化だった。

彼女はいつの間にか、一歩足を前に踏み出し、清涼院の前方にその身を晒していた。正

面の空論城から、それとなく主人を庇うような立ち方である。

「見たところ、お一人のようですけど。あなたのご主人様――枕詞さんは、今どちらに？」

「ネム先生っすか？」

問いかけられて、空論城はいったん炭酸せんべいを齧るのを中断して、朗らかに答える。

「ネム先生なら、今はトイレっすね！　もうそろそろ帰ってくる筈だと思うんすけど……あっ！」

そこで彼女は、ハッとしたように、清涼院と守銭道化の真後ろを指さしていた。

「噂をすれば！　お二人とも、後ろを振り向いてほしいっす！」

「……は？」

そう呼びかけられて、弾かれたように後ろを振り向く清涼院。

「……えっ!?」

「…………………」

彼女の真後ろには、一人の少女が立っていた。

背丈は清涼院と同じくらい。

美しい翠玉色の髪を、腰のあたりまで伸ばしている。

「お帰りなさいっす、ネム先生！」

そんな少女に向けて、空論城は相変わらず大きな声で呼びかける。

「こうして帰ってこれたってことは、ちゃんとトイレの場所は分かったんすね！　なによりっす！」

「…………」

「っていうか、ほら、見てくださいっす！　清涼院さんと守銭道化さん！　たったいまばったり鉢合わせしたんすよ！　びっくりっすよね～！」

「…………」

が、どれだけハイテンションに喋りかけられても、『ネム先生』と呼ばれた少女は、何の言葉も返さなかった。

一言で言うなら、『ぼんやりとした少女』である。

何を考えているか分からない、眠そうな眼。

真一文字に引き結ばれた口元。

空論城に話しかけられているというのに、その瞳は、何故か虚空をぼんやりと見つめ続けている。

至近距離に佇んでいる清涼院と守銭道化に、一瞥をくれようともしない。

「……ま、枕詞さん」

そんな少女をぎょっとしたように見つめつつ、清涼院は掠れた声を漏らしていた。「い、いつの間に、わたくしたちの背後に……！」

「…………」

少女は、何も答えない。

さらに彼女は、ぼんやりと虚空を見つめたままで、清涼院と守銭道化の間を、ふらふらと通り過ぎていく。

「あっ、駄目っすよネム先生！　ちゃんとお二人に挨拶しないと！」

慌てたように空論城が叫んでいたが、やはり少女は、何の反応も示さなかった。そのまま空論城の傍らにまでたどり着き、やがて動かなくなってしまう。「…………」

「……あ～、すみませんお二人とも。うちのネム先生が」

苦笑いを浮かべて、空論城は頭を下げてくる。「ちょっと今日は、いつにも増してぼんやりしちゃってるみたいで。どうかお気を悪くしないでほしいんですけど」

「……っ！　い、いいえ、大丈夫よ空論城さん」

清涼院は思い切り顔を強張らせつつも、空論城に言葉を返していた。「その子に挨拶されないのは、今に始まったことじゃないし……」

「そ、そうっすか？　そう言っていただけると助かるんすけど」

「……それにしても、本当にお久しぶりね、枕詞さん。枕詞ネムリさん」

清涼院は、枕詞の後頭部へと視線を移して、

「こうして直接会うのは、どれくらいぶりかしら？　だってあなた、普段はよっぽどのことでもない限り、青森のご実家から出てこようとしないものね」

と、上品な口調で語り掛けていく。「流石に泥帽子さん直々の招集には、あなたも応じないわけにはいかないということ？　枕詞さんにも『中核メンバー』としての最低限の責

任感は備わっているみたいで、わたくしちょっと安心しましたわ」

「…………」

「とはいえ、あなたのご活躍については、当然わたくしの耳にも入ってきていましたわよ。『お仕事』順調そのもののようで、羨ましい限りですわ。日本の16歳で、あなたくらいお金を稼いでいる人、他にいないんじゃないの？」

「…………」

だが。

少女——枕詞ネムリと呼ばれた彼女は、清涼院の呼びかけに、やはり何の反応も示さないのだった。

清涼院の方を、振り向こうという気配すらない。清涼院の存在自体に気づいてすらいないというような、徹底した無反応である。

「…………〰〰っ！」

びきびきっ！

清涼院の涼やかな笑みの、その額の辺りに、くっきりとした青筋が浮かび上がっていた。

（ほ、本当になんなのこの子!?　なんとか言いなさいよ！　ふざけてるの!?）

彼女は辛うじて笑顔をキープしたまま、枕詞の後頭部を、思い切り睨み付ける。

（会うたびいつもこうじゃない！　せっかくわたくしの方から挨拶してあげてるのに！　あなた高一なんだから、普通は年下のそっちから挨拶してくるのが筋なのに！　挙げ句の果ては、無視するだなんて！）

「…………」

が、清涼院にどれだけ睨まれようと、当の枕詞はどこ吹く風である。

「う〜、申し訳ないっす清涼院さん。ご存知の通り、ウチのネム先生、あんまり口数が多くないんで」

そんな枕詞に代わって申し訳なさそうに口を開いていたのは、空論城だった。

「まあでも、安心してくださいっす！　ネム先生が喋らない代わりに、ウチがめっちゃ喋りまくるんで！　ウチの言葉は、ネム先生の言葉だと思っていただいて大丈夫なんで！」

「……いや、それはそれでどういう理屈よ」

元気のいい空論城の言葉に、清涼院は呆れたように言葉を返していた。「……まあ、別にいいけれどね。そもそも〈泥帽子の一派〉の『中核メンバー』に、常識なんてものを求める方が野暮というものでしょうし」

清涼院は、ふるふる、と力なく首を左右に振って、

「……それにしても、自分で言っていて恐ろしくなってきますわね。こんな異常者ぞろいの『中核メンバー』たちが、今この瞬間、一つの町に全員集められているだなんて」

と、ため息まじりに言葉を続けていた。

「本当に、何を考えているのかしら、泥帽子さんは」

1　でたらめちゃんについて①

ジジジ、ジジジ、ジジ、ジジ……。

今にも消え入りそうな虫の鳴き声が、ベランダから響いてくる。

死にかけの、セミの声である。

「………」

鳴き声を受けて、部屋のフローリングに腰を下ろしていたでたらめちゃんは、ゆっくりとベランダの方へ視線を移していた。

ベランダの上では、鳴き声の主らしいミンミンゼミが、仰向けの状態で寝そべっている。ジジ、ジジジ、ジジ……。もはやそんな力のない鳴き声を発するのが精いっぱいで、壁にへばりつく気力すらも残っていないらしい。完全に限界という様子だった。恐らく、明日にはもう動かなくなっているだろう。

「………」

そんな死にかけのセミの姿を、でたらめちゃんは、真顔で見つめ続けている。

それは単にぼーっと眺めているだけのようにも見えるし――内心で何か思いつめているようにも見える、曖昧な表情である。

「おーい、でたらめちゃん？」

と、そんなときだった。

セミを眺め続けるでたらめちゃんの正面から、怪訝そうな女の声が響いてくる。

「なにずっと外見てんだ？　あたしの家のベランダに、何か気になることでもあんのか？」

「……え？」

呼びかけられて、弾かれたように正面を振り向くでたらめちゃんだった。

彼女の正面――テーブルを挟んだ向こう側には、パジャマ姿の、喰堂猟子が座り込んでいる。

「別にうちのベランダ、面白いもんなんて何も落ちてねーと思うけど」

「……！　あ、す、すみません喰堂さん」

困惑の視線を向けられ、でたらめちゃんは慌てた様子で言葉を返していた。

「べ、別になんでもないんです。ただ、ちょっとぼーっとしてしまっただけで」

「おいおい、まさか夏バテか？　気をつけろよ、もう九月も終わりかけだっつーのによ」

でたらめちゃんの返答に、喰堂はオレンジ色の髪をわしわしと掻きむしりつつ、苦笑いを浮かべて、

「まあ、別になんでもいいんだけどよ。あんまり部屋の中ジロジロ見ねーでくれよな。海鳥ちゃんの部屋みたいに綺麗じゃなくて、恥ずかしいからよ」

と、照れくさそうに続けていた。「一応、お前が来る前にちゃんと掃除はしたつもりだけどよ。そもそもの部屋の狭さとか、作りの古さとかは、誤魔化しようがねーからな」

「え？　いやそんな、とんでもないですよ喰堂さん」

でたらめちゃんは、ぶんぶんっ、首を左右に振りながら言葉を返す。「十分に素敵なお部屋ですって。海鳥さんの部屋は、そもそもあんまり物がないから、だだっ広く感じられるだけで」

などと語り合う彼女たち――でたらめちゃんと喰堂猟子の腰を下ろしている場所は、彼女たちの会話の内容通り、喰堂猟子の自室だった。

本人の申告通り、海鳥の暮らしているマンションよりはやや手狭で、やや建築年数も経っていそうな、アパートの一室。部屋の中には、リビングに腰を下ろす二人以外に人影はない。ちなみに二人の間に置かれているテーブルの形状は、丸型ではなく正方形。そのテーブルの上には、中身から仄かに湯気を立てる、二人分の湯飲みが置かれている。

「でも、なんだか緊張しちゃいますね。私、喰堂さんのおうちにお邪魔するのは、これが初めてなので」

と、湯飲みに手を伸ばしつつ、でたらめちゃんは周囲をきょろきょろと見回して、そう楽しげに呟いていた。

「喰堂さんのおうちって、こんな感じだったんですね～。正直、想像していたよりもずっと綺麗なので、ちょっとびっくりしちゃってますよ。普段サラ子さんには『猟子の部屋はとんでもない汚部屋だよ！　若い女の部屋だとはとても思えないよ！』って、散々聞かされていましたからね」

「……まあ、今言った通り、お前が来る前に大慌てで掃除したからな」

同じく部屋を見回しつつ、やや決まりが悪そうに喰堂は答える。

「流石に客を呼ぶのに、いつものまんまじゃマズいと思ったからよ。すげー大変だったけどな。こんなことならあたしの部屋じゃなくて、近くの喫茶店とかを待ち合わせ場所にすりゃあ良かったたって、何回後悔したか分かんねーもん」

「あははっ！　駄目ですよ喰堂さん、そんなズボラなことを言ったら。またサラ子さんにお説教されちゃいますよ？」

でたらめちゃんはニコニコと笑って言いつつ、湯飲みにずずず、と口をつけて、

「でも、今日は本当にどうされたんですか？　突然、『二人きりで話したいことがある』だなんて」

と、口を離すや否や、そう問いかけていた。

「昨夜は驚きましたよ。喰堂さんから、そんなメッセージが届いていると気づいたときには。一体何事？　って」

「……あー、うん」

そんなでたらめちゃんの問いかけに、喰堂はぽりぽり、と頭を掻いて、

「まず、それについては悪かったなでたらめちゃん。こんな急に、部屋に呼びつけるような真似しちまってよ。迷惑じゃなかったか？」

「迷惑？　まさか、そんなこと思うわけないじゃないですか。他でもない喰堂さんのお誘

いに対して」

　でたらめちゃんは首を左右に振って答えつつ、ことり、と湯飲みをテーブルの上に戻して、「そもそも私、最近は暇してますしね。もう夏休みは終わってしまって、海鳥さんは今日も学校ですし。家でやることと言えば、普段の家事と、後は飽きもせず因縁をつけてくるとがりちゃんの相手をしてあげるくらいのもので。だから今日は喰堂さんに誘っていただけて、むしろありがたかったくらいっていうか」

「……そうか？　まあ、迷惑じゃないってんなら何よりなんだが」

「で、なんなんです？　その『話したいこと』というのは」

　喰堂の顔を覗き込むようにして、でたらめちゃんは問いかける。

「早く話してくださいよ。私、喰堂さんのお話なら、なんだって聞きますけど」

「…………」

　明るく語りかけてくるでたらめちゃんの表情を、しばらく無言で見つめ返す喰堂。

　が、ややあって彼女は、ゆっくりと口を開いて、

「……ああ、そうだなでたらめちゃん。それじゃあ早速、本題に入らせてもらうけどよ」

　と、真剣な口調で切り出していた。

「今日あたしが訊きてーのはさ、お前の『正体』についてだよ」

「……え？」

「なあ、でたらめちゃん。お前ってそもそも、なんで嘘を食えるんだ？」

……。……。……。

「………」

数分後。

喰堂（くどう）の話を聞き終えたでたらめちゃんは、真顔になって、喰堂の方を見返していた。

完全に虚を衝かれた、という表情である。

「……なんだよその顔？」

でたらめちゃんの視線を受けて、喰堂はぶっきらぼうに言葉を返す。

「まさかあたしに、こんな話をされるとは思ってもみなかったか？」

「………」

問いかけられて、やはりしばらく無言のでたらめちゃん。が、ややあって彼女も、こくん、と頷（うなず）いて、

「……まあ、はい、そうですね」

と、静かに言葉を返していた。

「正直、事前に予想していた内容とは、かなり違っていました。私はてっきり、今日はサラ子さんのサプライズ誕生パーティーの提案でもされるものとばかり」

「……いや、なんだよそれ。企画してねーよ、そんなパーティー」

喰堂は半眼になって答える。

「あいつに誕生日とか、そもそも存在してねーし。意味分かんねーだろ、サラダ油の誕生

パーティーとか。そんなもんのために、お前をわざわざ呼びつけたりしねーから」

「確かに言われてみれば、普通に私に話してしまったら、そもそもサプライズになりませんもんね。サラ子さんは私の身体（からだ）の中にいるわけですから。私としたことが、うっかりしていました」

「……いやまあ、別にパーティー自体は開いてもいいけどな。あいつが初めて喋（しゃべ）りかけてきた日付は覚えてるし。その日を誕生日ってことにしてよ」

喰堂はふるふる、と首を左右に振って、

「ただまあ、今はサラ子の話はどうでもいいんだよ。今あたしが訊（き）きたいのは、お前の正体の秘密についてさ、でたらめちゃん」

「………」

そう、再びの質問を向けられて、またも無言になるでたらめちゃんだった。

アパートの一室に、少しの間沈黙の時間が生まれる。

でたらめちゃんの手元の湯飲みは、既に中身が粗方飲まれてしまって、ほぼ空である。

「……とりあえず、話を整理しましょうか」

そして数秒の沈黙の後、でたらめちゃんはゆっくりと口を開いていた。「要するに喰堂さんが訊きたいのは、こういうことですよね？　なぜ私は、嘘（うそ）を食べることが出来るのか？

即（すなわ）ち――私の嘘の内容とは、一体なんなのか？」

「ああ、その通りだぜでたらめちゃん」

きっぱりとした口調で答える喰堂。

「前からずっと気になってはいて、一人で考えたり、サラ子のやつに相談したりもしてたんだけどよ。まるで答えが分かんねーから、今日こうして、本人に直接訊いちまうことにしたってわけさ。それが一番手っ取り早いからな」

「……なるほど」

でたらめちゃんは頷いて、

「ちなみに、それを知りたいと思った理由は、やっぱりサラ子さんですか？」

「……まあな」

喰堂は素直に頷き返す。

「普通に気になるだけって理由も、もちろんあるんだけどよ。やっぱサラ子のことは大きいわな。なにせあたしは、お前のことを信じて、あいつの身体をお前に預けてるわけなんだから」

「…………」

「ただ、勘違いすんなよ？　別にお前のことを信用できねーとか、そういうことを言いたいわけじゃねーんだ」

下を向いたまま、念を押すような口調で喰堂は言う。「お前の嘘の内容がどうだろうと、別にどうでもいいっちゃどうでもいい話さ……ただそれでも、サラ子のことを考えるなら、そういう分からないことは極力なくしておきたいんだよ。あたしにとってサラ子は、それくらいかけがえのない存在だからな。なあでたらめちゃん。あたし、なにか変なこと言ってるか？」

「……いえ、何も変ではないと思いますけど」

でたらめちゃんは神妙な顔つきで答える。

そして彼女は、不意にその視線を正面の喰堂から、横合いの窓の方に移していた。

「………」

彼女の視線の先にあるのは、ベランダにひっくり返ったミンミンゼミである。

つい先ほどから、もはや『ジジジ……』とも鳴かなくなってしまった、死にかけのセミ。もはや生きているのか、死んでいるのか、傍目からでは判別すらもつかない。

「………」

そんなセミの身体を、でたらめちゃんは、いつになく真剣な眼差しで見つめる。

「……ついこの間までうるさく鳴いていたのに。もうセミが死ぬような季節なんですね」

そして彼女は、セミを見つめたままで、そんな呟きを漏らしていた。

「まあ、当たり前と言えば当たり前の話ですか。もう九月ですし」

「……………は？」

「でも、セミってなんだか可哀想ですよね。何をどう頑張っても、一夏の間だけしか生きられないなんてとても残酷な話です。でも仕方のない話でもあります。全ての生物は、定められた寿命から逃れることは、絶対に出来ないんですから」

「……？　いやでたらめちゃん、急に何の話だよ？」

眉をひそめつつ、喰堂は問いかけていた。

「あたしが今訊いてんのは、セミの話じゃなくて、お前の正体についての話で――」

「ええ、もちろん分かっていますよ喰堂さん」

が、そんな喰堂の問いかけを、でたらめちゃんは遮って、

「喰堂さんが私に何を訊きたいのか。完全に理解した上で、私も答えさせていただきます」

でたらめちゃんはそこで、ようやく喰堂の方に向き直って、

「答えたくありません」

「……え？」

「喰堂さんの質問に、私は答えたくありません。なので、私は答えません」

きっぱりと、有無を言わせないような口調で、でたらめちゃんは言う。「そういうわけで、申し訳ないですが、この話はここでおしまいですね」

「…………はあ？」

一瞬の間の後、喰堂はぱちぱち、と目を瞬かせて、

「……いやちょっと待てよでたらめちゃん。なんだよそれ？　答えたくない？」

「はいそうです。答えたくありません。少なくとも、今この場では」

やはり毅然とした口調で答えるでたらめちゃん。

「しかし、それでも一つだけ答えられることがあるとするなら——喰堂さんの見立ては、概ね全て正しいですよ」

「……ああ？　見立て？」

「嘘を食べるという能力は、私にしか備わっていない。普通の嘘は、嘘を食べることなんて出来ない。私が嘘を食べられるのは、私を吐いてくれた〈嘘憑き〉のおかげ。ええ、何もかもその通りです」

言いながら、でたらめちゃんは苦笑いを浮かべて、

「なので、さっきは本当に驚かされましたよ。まさか喰堂さんに『そこ』を質問されるとは思ってもみなかったので。まあだからといって、その質問に答えることは、やっぱり出来ないんですけど」

「……いや、なんでだよ？」

怪訝そうに質問を重ねる喰堂。

「ぜんぜん意味が分かんねーんだが。もっと分かるように説明してくれ。答えたくないって、具体的にどういうことだ？」

「具体的も何もありません。答えたくないは、答えたくないです」

やはりにべもなく、でたらめちゃんは言葉を返す。「もちろん、『サラ子さんが心配』という喰堂さんの気持ちはよく分かりますし、出来ることなら答えてもあげたいんですけどね。それでも私は、その質問に対してだけは、どうしても答えるわけにはいかないんです」

そこででたらめちゃんは、深く息を吸い込んで、

「私、軽蔑されたくないですから」

「……………は？」

告げられた一言に、今度は喰堂が虚を衝かれたように固まる。

「……は？　今なんつったお前？　軽蔑？」

「はい、そうです。軽蔑と言いました」

そう答えるでたらめちゃんの顔には、いつの間にか、苦笑いが浮かんでいた。「もしも私が、その質問に答えてしまったら、正体を知られてしまったら、きっと私は、みんなから軽蔑されてしまいます」

「…………」

「喰堂さんから、サラ子さんから、とがりちゃんから、奈良さんから――そしてきっと、海鳥さんからも。私はそれが嫌なんです。だからどれだけ頼まれても、私はその質問にだけは、答えるわけにはいかないんです」

「…………??」

そう一方的に告げられ、訳が分からない、という表情を浮かべる喰堂だった。「……いや、マジで待ってくれよでたらめちゃん。急になに言い出してんだ、お前？

あたしらが、お前のことを軽蔑する？　いやいや、そんなことあるわけねーじゃん。たかが嘘の内容を知ったくらいでよ」

「………」

が、そう問いかけられても、やはりでたらめちゃんは、苦笑いを浮かべたままで、

「……いいえ、それがされてしまうんですよ、喰堂さん。これぱかりは絶対にそうなんです。喰堂さんは私の正体を知らないから、そう言えるだけです」

「……はあ？」

「別に分かっていただけなくても結構ですよ。とにかく私は、答えないので」

……そして、そんな風に喰堂に言葉を返しつつ、でたらめちゃんは内心で、ぼんやりと思考していた。

他の人間にはともかく——『彼女』にはそろそろ、ちゃんと話しておくべきなのかもしれない、と。

◇◇◇◇

「………」

その日の夜。

でたらめちゃんは、心ここにあらずという様子で、食器洗いに勤しんでいた。

海鳥のマンションの部屋、その洗い場でのことである。

「………はあ」

ごしごし、ごしごし。

泡まみれのスポンジで食器を擦る音とともに、でたらめちゃんの気のないため息が、微かに響く。ぽんやりとした顔つきである。宙を漂う小型のシャボン玉が、彼女の頬に当たって弾けたが、それにさえ気づく様子もない。どうやら今の彼女の意識は、目の前の食器洗いには、それほど向けられていないらしい。

「――ちょっと、大丈夫でたらめちゃん？」

「え？」

と、そんなときだった。唐突に横合いからかけられた言葉に、でたらめちゃんはハッとしたように、首を振り向かせる。

視線の先に佇んでいたのは、パジャマ姿の海鳥東月。

「なんだか、今日はずっと様子が変みたいだけど。もしかして、体調でも悪いの？」

海鳥は心配そうに言いながら、でたらめちゃんの表情を覗き込んでくる。「なんだったら、今日の食器洗い当番、代わってあげようか？」

「………」

問いかけられて、数秒の間、真顔で海鳥の方を見返してしまうでたらめちゃん。

が、やがてふるふる、と首を左右に振って、

「ああ、いえいえ、大丈夫ですよ海鳥さん」

と、言葉を返していた。「今はちょっと、ぼーっとしてしまっていただけなので。そも

そも、嘘に体調悪くなるとかありませんし。ご心配には及びません」

「……ぼーっとしていただけ？　本当に？」

尚も心配そうに、質問を重ねてくる海鳥。「いやまあ、でたらめちゃんが大丈夫って言うなら、別にいいんだけどさ」

夜の台所に、海鳥とでたらめちゃんの二人きり、である。

食器洗いの音に混じって、風呂場の方から微かに響いてくるのは、シャワーの水音と、少女二人のはしゃぐような声。とがりとサラ子の話し声だ。どうやら彼女たちは、今はどちらも入浴の最中であるらしい。

「ああ、そういえばさ、でたらめちゃん」

と、海鳥はそこで、思い出したという風に手を叩いて、

「話は変わるんだけど。今日、喰堂さんのおうちにお呼ばれしたんだよね？」

「………………」

ぴくっ。

と、ほんの僅かだけ、でたらめちゃんの頬が引きつる。

「……はい、しましたけど。それが何か？」

「いや、何の用だったのかなって」

そんなでたらめちゃんの些細な反応に気づく様子もなく、言葉を続けてくる海鳥。「だって、珍しいでしょ？　喰堂さんが、わざわざでたらめちゃんだけを自分の家に呼びつけ

るなんてさ」

「…………」

「実はさっきもちょっと気になって、お風呂入る前のあの二人に訊いてみたんだけど。二人とも、よく覚えてないって言うんだよね。どっちもでたらめちゃんの身体の中でお昼寝していたからって」

「……ああ。あの二人、その時間帯は基本的に寝てますからね。夜遅くまで、二人でずーっとお喋りしている反動で」

頷きつつ言葉を返してくるでたらめちゃんだった。食器を洗う手は、いつの間にか完全に止まってしまっている。

「で、結局何の話をしたの？　もしかして、結構真面目な話？」

「……いえ、別にそんな大した話ではありませんでしたよ」

ふるふる、と首を左右に振りつつ、でたらめちゃんは答えていた。「ちょっとした質問をされたというだけの話です。わざわざこの場で、詳細を語るほどのことでもありません」

「……なにそれ？」

怪訝そうに、海鳥は眉をひそめる。

「ちょっとした質問って？」

「ちょっとした質問はちょっとした質問ですよ。それ以外に答えようがありません」

素っ気ない口調で、でたらめちゃんは言い切っていた。「どうしても気になるというなら、それこそ喰堂さんに直接訊いてみてください」

「…………??」

海鳥はますます混乱したような顔を浮かべていた。「……いやまあ、別にいいけどね。話してくれなくても。私としても、そこまで気になるわけでもないし」

そして、彼女はそう釈然としなそうに呟きながらも、すたすたと、でたらめちゃんの後ろを通り過ぎ……流し場の隅に設置された、水切りバスケットの前で足を止めていた。

金属製の水切りバスケットの内部には、でたらめちゃんに洗われたばかりの食器類が、大量に積み重なっている。

海鳥は、その内の一つを手に取る。そして同じく、バスケットの端に引っかけられていたふきんで、表面の水滴を綺麗に拭い始めていく。

「……え？　なにしてるんですか海鳥さん？」

突然の海鳥の行動に、驚いたように真横を振り向くでたらめちゃん。

「なにって、食器を拭いているだけだけど」

手元の食器に目を落としたままで、海鳥は事もなげに答える。「当番とはいえ、全部でたらめちゃん一人でやるの、大変だろうし。今ここに置いてある分だけでもね」

「……はあ？　いや、ちょっと待ってください。別に大丈夫ですって」

でたらめちゃんは困惑した様子で言葉を発していた。「今日の食器洗いは私の当番なんですから。手伝っていただかなくても、一人でやりきりますよ」

「いやいや、遠慮しなくていい。私もちょうど暇してたしね」

でたらめちゃんの言葉を受けても、海鳥は淡々と言葉を返すだけで、ふきんを手放す気配はなかった。素知らぬ顔をしたまま、食器を拭き続けている。

「……………」

そんな海鳥の横顔を、でたらめちゃんは、まじまじと眺めてしまう。

（……もしかして最初から手伝うつもりで、台所まで来てくれたんでしょうか？　私の体調が優れないと思っていたから）

視線を向けられている当の海鳥は、鼻歌交じりに、食器を次々に処理していく。

（…………本当に）

その表情を、食い入るように見つめながら、でたらめちゃんは内心で呟く。

（この人のお人よしは、とことんですよね……）

それは彼女が、目の前の少女と同棲を始めてから、数えきれないほどに思い知らされてきたことだった。

ずっと一緒に住んでいるのだから、誤魔化されようもない。

この嘘くさいほどの善性こそが――しかし嘘なく、偽りなく、海鳥東月という少女の『素』なのだと。

「………………」

そしてでたらめちゃんは、出し抜けに、そう思わされてしまったからこそ。

「………あの、すみません」

本人もはっきり意識しない内に、いつの間にか、そんな言葉を発してしまっていた。

「海鳥さん、明日の土曜日、確かバイトは休みでしたよね？」

「……え？」

ようやく食器を拭く手を止め、海鳥は顔を向け返してくる。

「うん、確かに休みだけど。それがどうかしたの？」

「じゃあ、良かったら明日、私と二人でデートしませんか？」

「……はあ？」

ぱちぱち、と目をまばたかせる海鳥。

「……え？　なんて？　デート？」

「ちょっと海鳥さんと、二人きりで過ごしたいんですよ、私」

そんな彼女の瞳を真っ直ぐに見据えて、でたらめちゃんは語り掛けていく。

「どうしても海鳥さんに、私から、お話ししないといけないことがあるので」

2　でたらめちゃんについて②

ある土曜日の朝。

マンションからやや離れた場所にある、市内のショッピングモール。

そのフロア内を、海鳥とでたらめちゃんの二人は歩いていた。

「考えてみれば、意外と珍しい組み合わせですよね」

きょろきょろ、と左右の店に視線を送りつつ、でたらめちゃんは言う。

「この二人だけで遊びに出かけるなんて。ひょっとしたら、初めてくらいなんじゃないですか？　いつも家では一緒にいるせいで、そういう感覚はまったくないんですけど」

「……う、うん、そうかもね」

対して、でたらめちゃんの横合いをとぼとぼと歩きながら、ぎこちなく答える海鳥。

「あれ？　どうしました海鳥さん？」

でたらめちゃんは、怪訝そうに海鳥の方を振り向いて、

「なんだか声に覇気がないというか、変に緊張されているみたいですけど。なにか気になることでも？」

「…………」

問いかけられて、海鳥は、なにやらもの言いたげな目を返していた。

「……いや、だってさ」

さらに彼女は口を開いて、「それは誰だって緊張するでしょ。昨日、『どうしても話さないといけないことがある』とか、あんな気になる言われ方したらさ。

なんていうか、普通に怖いんだけど。まさかとは思うけど、また私の秘密を、誰かに漏らしちゃったみたいな話じゃないよね？」

「……海鳥さんの秘密？」

やはり歩きながら、不思議そうに首を傾げるでたらめちゃんだった。

「いえ、特には漏らしてないと思いますけど。そもそも秘密ってなんですか？　もしかして、鉛筆かけごはん系の話ですか？」

「……いや、そんな秘密は二個も三個もないけどもさ」

海鳥は苦笑いを浮かべて、「ただ、あんな言い方されたら、特に後ろめたいことがなくても、なんとなく怖くなっちゃうものでしょ？　せめて何系の話かだけでも、先に教えてくれない？」

「……はあ、何系の話か、ですか」

が、そう水を向けられても、でたらめちゃんは気乗りしなそうな様子で、相槌を打つだけだった。「……いえ、すみません海鳥さん。申し訳ないですけど、そこは我慢してもらえませんか？」

「え？」

「こちらにも、色々と段取りというものがあるんです。海鳥さんの気持ちも分かりますが、その辺も含めて、話すのは今日の最後にさせてほしいんですよ」

「……ええ？」

　でたらめちゃんの返答に、不満そうに吐息を漏らす海鳥だった。

「なにそれ？　そんなこと言われても、気になるものは気になるのに――」

「まあまあ、いいじゃないですか海鳥さん。細かいことは。それより今は、楽しく遊ぶことに集中しましょう」

　でたらめちゃんはぱんぱんっ、と手を叩いて、

「なにせ今日はデートなんですからね、デート。今日は海鳥さんを楽しませるために、私もばっちりプランを組んできていますから、ぜひ期待してください。奈良さんにヤキモチを妬かれるのが、後で怖いくらいですよ」

「…………」

　そう元気よく捲し立てられても、海鳥は尚も釈然としなそうに、でたらめちゃんの方を半眼で睨んでいる。

　そんな視線を受けて、でたらめちゃんは苦笑いを浮かべつつも、海鳥の背中をぽん、と叩いて、

「さあさあ、海鳥さん。ではまず、私の行きつけのお店にご案内しますので。ついてきてください」

「……行きつけのお店？」

「…………ええ？」

そして数分後。

でたらめちゃんに案内された先で、海鳥は、呆然と声を漏らしていた。

「……いや、行きつけのお店って」

「ふふっ、どうです？　ちょっと意外だったでしょ？」

海鳥の表情を覗き込みつつ、悪戯っぽく語り掛けるでたらめちゃん。

彼女たちの今佇んでいる空間――そこは一言で言うなら、服屋だった。

それなりに広い面積の店内に、女性用・男性用関係なく、様々な種類の服が陳列されている。明るい照明、埃一つない床。まだ午前中であるにも拘わらず、店内はかなりの数の利用客で賑わいを見せている。

海鳥とでたらめちゃんが言葉を交わしているのは、そんな広い店内の、片隅のスペースだった。

何の変哲もないただの服屋、それだけなら特に驚くようなこともないだろうが……そのスペースだけは、少しばかり趣が異なっていたのだ。

「……いやまあ、びっくりはしてるよね」

海鳥は頷いて言いつつ、目の前の棚に並べられていた商品を一着、手に取ってみせる。

それは、真っ白の服だった。

暖かそうな、やや厚めの生地。丈の長い袖。そして頭の部分に取り付けられた、ネコミミのフード。

「割と衝撃の事実だよ……このネコミミパーカー、市販されてたの？」

「ははっ、そんなの当たり前じゃないですか海鳥さん」

でたらめちゃんは笑って答える。「市販されていないものを、どうやって着るって言うんです？　まさか私が自作しているとでも思っていたんですか？」

そう言って身体(からだ)をゆらゆらと揺らす彼女が着ているのは、言うに及ばず、棚に並んでいるのと同じネコミミパーカーだ。

「だとしたら、それは流石(さすが)に買いかぶりというものですね。私にこんな可愛(かわい)いデザインの服は作れませんよ。私の専門分野はあくまで料理であって、お裁縫ではないんですから」

「……いやまあ、確かにそうなんだけどさ」

でたらめちゃんに言葉を返しながらも、海鳥の視線は、ネコミミパーカーの棚に注がれたままである。

「なんていうか、でたらめちゃんのトレードマークだと思っていたものが、こうして普通にお店で売られているのが受け入れられないっていうか……なに？　じゃあでたらめちゃんが今着ているそれも、このお店で買ったってことなの？」

「いえ、違いますね。これはネット通販で買いました」

でたらめちゃんは元気よく答える。

「このブランド、そっちの方にも力を入れているんですよ。ありがたいことですよね」

「……なにそれ？　つまり行きつけでもなんでもないんじゃない、このお店」

「まあ、言うほど人気の商品というわけでもないんですけど」

でたらめちゃんは言いながら、海鳥と同じくネコミミパーカーの棚の方に目を向けて、

「こんなお店の片隅で寂しく売られている時点で、なんとなくの察しはつくと思いますけどね。あんまり売れ行きは良くないみたいなんです。こんなに可愛いデザインなのに、不思議な話ですよね～」

「……いや、それはちょっと分かる気もするけどね。こんな服、買ったところで、日常生活で着るシーンがそもそもなさそうだし」

「そうですか？　私は普段着にしてますけど」

「それはでたらめちゃんだからでしょ？」

海鳥はふるふる、と首を左右に振って、

「で、どうするの？　このネコミミパーカー、また新しく買うの？」

と、手に持っていた一着を、でたらめちゃんの方へと突き出していた。「でも、でたらめちゃんってこれと同じもの、部屋に何着も持ってるよね？　なんでまた新品が必要になるのか、私にはちょっと分からないけど」

「……はあ？　なに言ってるんですか、海鳥さん？」

一方のでたらめちゃんは、不思議そうに首を傾(かし)げて、

「私は今日は買いませんよ、ネコミミパーカーは。このお店に来たのは私じゃなくて、どこかの誰かさんにプレゼントするためなので」

「……え？」

かけられた言葉に、ぽかん、と口を開ける海鳥。

そして、そんな海鳥を無視して、でたらめちゃんは、ちょうど近くを通りかかった女性店員に声をかけていた。「あっ、すみません店員さん！　このネコミミパーカーなんですけど！　このお店にある分で、一番大きなサイズってどれくらいになりますか？」

「……？　一番大きなサイズ、ですか？」

女性店員は立ち止まり、怪訝(けげん)そうに尋ね返してくる。

「ええと、具体的にはどれくらいのサイズでしょうか？」

「はい！　それはですね！」

でたらめちゃんは朗らかに答えながら——横合いの海鳥の服の袖を、ぐいっ、と引っ張って。

「こっちのおねーさんが着られるくらいのサイズです！　よろしくお願いします！」

「…………は？」

◇◇◇◇

「わあ、このオムライスとっても美味しいですね！」

スプーンでオムライスを頰張りつつ、でたらめちゃんは歓喜の声を上げる。

先ほどまでと同じモール内、その上階のレストランフロアの、ある洋食屋。その窓際のテーブル席に、二人の少女は腰を下ろしている。

「ふわふわ、そしてとろとろです！　チキンライスのケチャップの具合もいいですし！　正直適当に入っただけなんですけど、ここは大当たりでしたね！」

でたらめちゃんはにこやかに言葉を続けつつ、不意に気が付いたという風に、正面に視線を向けて、

「あれ、どうしました海鳥さん？　ぜんぜん食が進んでいないみたいですけど？」

「…………」

彼女の目の前に座っているのは、ネコミミパーカーだった。

でたらめちゃんとまったく同じ、ネコミミフードのパーカーに身を包んだ、黒髪ロングの少女だった

ネコのミミをぴょこぴょこと揺らしつつ、ぎゅううう、と膝の上で手を握りしめて、下を向いている。

「…………〰〰っ！」

その顔色は、今にも爆発しそうなほどに真っ赤である。１７０㎝の、女子としては大きめの身体を目一杯縮こまらせて、さらに両肩を小刻みに震わせていた。当然、スプーンを

手に取って目の前のオムライスを食べ始めようともしない。どうやら、それどころではないらしい。

「もう、いけませんよ海鳥さん。そんな風にぼーっとしていたら、せっかくの美味しいオムライスが冷めてしまいます」

そんなネコミミパーカー少女、海鳥に対して、すっとぼけるような口調で、言葉をかけていくでたらめちゃん。「それとも、なにか食事に集中できない理由でもあるんですか？」

「……っ！　ど、どの口が！」

ぎりっ、と唇を噛み締めるようにして、海鳥は言葉を返していた。「だ、誰のせいだと思って――」

「――うわ～、あのテーブルの女の子たち、すご～い」

が、そんなとき。

近くのテーブル席から、そんなひそひそと囁き合うような声が、海鳥たちの席にまで響いてくる。

「なに？　なにかのコスプレ？」「いや、普通にああいう系統の服なんじゃない？」「勇気ある～。可愛いけど、私だったら絶対に着れないわあんなの」「二人とも同じ服って、よっぽど仲良しなのかな」

……。……。そんな囁き声を受けて、海鳥の顔色は、いっそう赤みを増していた。あまりの紅潮ぶりに、今にも湯気が出そうなほどである。

「……ね、ねえでたらめちゃん」

そして彼女は、消え入りそうな口調で、でたらめちゃんに語り掛ける。

「本当に、勘弁してもらえないかな……？」

「勘弁？　何をです？」

「き、着替えさせて……！　お願いだから……！」

「いいえ、駄目です」

間髪入れずに、でたらめちゃんは笑顔で答えていた。「今日、海鳥さんは一日中ずっと、その格好で過ごしてもらいます。変更は認めません。それが私のデートプランなので」

「……い、一日中ずっと!?　冗談でしょ!?」

「ふふっ、何をそんなに恥ずかしがることがあるんです？　とってもお似合いですし、可愛いですよ？　ネコミミパーカー・海鳥さん」

「………だから、冗談は大概にしてって」

海鳥はぶんぶんっ、と力強く首を左右に振り乱して、

「私、もう限界なんだってば。恥ずかしすぎて。周りの人たちからも、ずっとチラチラ見られてるし」

「それはネコミミの女の子が二人も座っていれば、衆目を集めもするでしょうね」

でたらめちゃんは楽しそうに頷いて、「ふふふっ。それにしても、同じ服を着て外でごはんを食べているだなんて、なんだか私たちめっちゃ仲良しみたいじゃないですね。いいえ、

もしかしたら周りの人たちからは仲良しと言わず、姉妹に見えているかもしれません」

「………」

「まあまあ、いいじゃないですか海鳥さん。何事も経験ですよ。普段だったら絶対にしないような格好をすることで、海鳥さんの中で、何か新しい扉が開けるかもしれませんし」

「……いやそんなの絶対にないから。ただ単に、後で思い出して死にたくなる黒歴史が増えるだけだから」

海鳥は言いながら、脱力したようにため息をついて、

「本当に最悪だよ……さっきのお店に、私に合うサイズさえなければ、こんな思いをせずに済んだのにさ」

「確かに、凄い幸運でしたね」

でたらめちゃんはうんうん、と頷いて、

「かく言う私も、海鳥さんに合うサイズがあるかどうかは、正直五分五分だと思っていましたから。それこそ家の私のネコミミパーカーでは、当然サイズが小さすぎますからね」

「まあ、無駄に身体が大きいからね、私……」

自嘲するように海鳥は言うのだった。「無駄に大きいからこそ、このネコミミパーカー姿が、より一層公開処刑みたいになっちゃうわけだけど……それに、そもそもサイズが合っているかどうかさえ、実は微妙に怪しいし」

「どういう意味です？」

「いや、丈自体はちょうどいいんだけどさ……」

海鳥は言いながら、不意に視線を落として、

「……その、なんていうか、この辺がね」

彼女の見つめる先は、彼女自身の胸元だった。

ネコミミパーカーの首元から伸びた二本の紐が、ちょうどかかっている辺り——その部分だけ、異様に生地が伸びているのだ。

服の上からでもはっきり分かるほどに、膨らんでいる。

「……ああ」

そんな膨らみに、ふっと真顔になって、呟きを漏らすでたらめちゃんだった。

彼女はそのまま、自らの胸元へと視線を落とす……前方の海鳥と同じく、首から伸びている二本の首紐。しかし海鳥のそれと違うのは、でたらめちゃんの首紐は、そのまますとんと下に垂れている、ということだった。海鳥の首紐は違う。上に乗っている。

「………」

そのまま数秒ほど、でたらめちゃんは自らの胸元を凝視し続けた。別にすっとんとんというほどでもないのだが、かといって特に面白みがあるわけでもない、ごくごく平凡な景色。

「……はっ」

やがてでたらめちゃんは、そんな乾いた笑い声を漏らしてから、再びオムライスにスプ

ーンを突っ込んでいくのだった。

「ふう、どうにか完食できた～」

数分後。

かちゃり、とスプーンを皿に置きながら、海鳥はホッとしたように呟いていた。

皿の上には、本人の言葉通り、ごはん粒一つ残されていない。

「最初の方は恥ずかしすぎて、食事どころじゃないと思っていたけど、意外となんとかなるもんだね」

平らげた皿の上を眺めつつ、しみじみ言う海鳥。「あと普通に、このオムライス凄い美味しかったよ。ちょっと感動したかも」

「…………」

一方のでたらめちゃんは、真剣な表情で、スマートフォンと睨めっこをしていた。

カタカタ、カタカタ、と操作音を鳴らしながら、手元のスマートフォンに、なにやら文字を打ち込んでいるらしい。

ちなみの彼女の目の前の皿も、とっくに空である。

「……でたらめちゃん？」

そんなでたらめちゃんの行動に、たった今気づいたらしい。海鳥は怪訝そうに眉をひそめて、「それ、なに書いてるの？」

「……ああ、いえ海鳥さん。これは別になんでもありませんよ」

スマートフォンから指を離さずに、でたらめちゃんは答えてくる。

「たった今の、オムライスのメモを取っているだけなので」

「メモ？」

「はい。今海鳥さんも言っていましたけど、このオムライス、冗談抜きで本当に当たりだったじゃないですか。だから今の新鮮な感想を、文章に残しておこうかと。今度自分で作るときの参考にしたいので」

「……参考に？」

淡々としたでたらめちゃんの返答に、目を丸くする海鳥だった。「……え、ちょっと待って。もしかしてでたらめちゃん、外でなにか美味しいものを食べるたび、いつもそうやってメモを取るようにしてるの？」

「まあ、一応そうですね」

やはりこともなげに答えてくるでたらめちゃん。

「とはいえ、毎回というわけではなく、特に感動したときだけですけど」

「へ、へえ～。凄い、勉強熱心なんだね」

「これくらいやって当然ですよ。この店のスタッフさんや、喰堂さんみたいな本物の料理人と比べたら、私はまだまだ未熟者なんですから」

「………はあ、未熟者ね」

返答を受けて、海鳥は呆気に取られたように、でたらめちゃんを見つめていた――それは驚いているとか、呆れているとかいうより、純粋な感嘆の眼差しである。

「……あのさ、でたらめちゃん」

そして彼女は、そんな目ででたらめちゃんを見つめたままで、そう切り出していた。

「でたらめちゃんって、なんで料理が好きなの？」

「…………え？」

でたらめちゃんの指の動きが止まる。

彼女はやや驚いたように、顔を上げて、海鳥の方を見返す。

「……なんで料理が好きなのか、ですか？」

彼女は不思議そうに首を傾げて、「あれ？　海鳥さん、私それについては、前にも話したことがありませんでしたっけ？　『美味しいものを作ったり、それを食べてもらったりするのが、ただ楽しいからです』って」

「……ああ、うん。それは確かに知ってるんだけどさ」

海鳥は頷き返して、「私が訊きたいのは、そう思うようになったきっかけの方っていうか」

「きっかけ？」

「だって、何かきっかけでもないと、そこまで料理好きにはならないでしょ？　でたらめちゃん、ただでさえ本当は嘘で、人間と同じ食事が必要ってわけでもないのに」

「……え～？」

出し抜けの海鳥の質問に、でたらめちゃんは、露骨に戸惑ったような声を漏らす。

「そう言われましても、別にこれといったものはないんですけどね……まあ強いて言うなら、癒しが欲しかったから、でしょうか?」

「癒し?」

「私はずっと、〈嘘殺し〉のためだけに生きてきましたからね。その日の命を繋ぐため、〈嘘憑き〉を探して、その〈実現〉嘘を狩るという日々の繰り返しで……まあ世の生き物は大体似たような感じかもしれないですけど。流石にそれだけしかない生活というのが、私にはちょっとしんどくて」

「うん」

「だから生きるのに直接関係のない、生きるために直接必要のないことを、ちょっとやってみようと思い立ったんだと思います。そうでもしないと、心の荒みに堪えられなかったんですよ。とはいえ、その必要もないのに牛さんや豚さんを食い物にするだなんて、中々業の深い行いを趣味にしたものだとは思いますけど」

「…………」

「そういう意味では、癒しになるのなら、別に料理でなくてもよかったんです」

でたらめちゃんは自嘲気味に言うのだった。「それがたまたま、料理だったというだけで。ふふっ、そう考えてみると、我ながらしょうもない動機ですね」

「……いや、そんなことはないんじゃない?」

海鳥はふるふる、と首を左右に振って、

「別に動機なんて人それぞれだと思うし。たとえ衝動的だったにしても、それであそこまで料理が上手くなれるってことは、つまりでたらめちゃんに料理の才能があったってことでしょ？　っていうことは、やっぱりなんでもいいわけじゃなくて、料理じゃないと駄目だったんだよ」

「……いや海鳥さん。私別に、そこまで料理上手じゃないですから」

でたらめちゃんはひらひら、と手を振りつつ言葉を返す。

「素人にしては、そこそこやれている方かもしれないですけど。さっきも言ったように、その道のプロのそれと比べたら、雲泥の差です。料理の才能があるだなんて、とてもじゃないけど言えませんよ」

「……そうかな？　私は、でたらめちゃんの作るオムライス、このお店にもぜんぜん負けてないと思うけど――あっ」

と、そこで海鳥は、不意に何かを思いついたという風に、手を叩いて、

「それこそでたらめちゃんはさ。お店とか開くつもりとかないの？」

「……え？」

「お店だよお店！　でたらめちゃんがオーナーのレストランってこと！」

なにやらテンション高く海鳥は言うのだった。

「ねえ、これって凄く良い考えじゃない？　もしもそんなものが本当にあったら、大繁盛

間違いなしだと思うんだけど！」

「……はあ？　何言ってるんですか、海鳥さん？」

対してでたらめちゃんは、呆気に取られたように海鳥を見返している。

「私がお店を持つ？　いやいや、冗談も大概にしてくださいよ。無理に決まってるじゃないですか、そんなの」

「無理？　なんで？　何が無理なの？」

「なにもかもですよ」

でたらめちゃんはふるふる、と首を左右に振って、「そもそも意味不明ですしね。人間ではなく嘘の私が、人間相手の飲食店を経営するなんて」

「……なにそれ？　そんなこと言い出したら、嘘が動画配信業やっているのもかなり意味不明じゃない？」

海鳥は納得いかなそうにでたらめちゃんを見つめて、

「動画配信で稼ぐのも、飲食店を経営するのも、一緒と言えば一緒でしょ？」

「……まあ、それはそうかもしれませんが」

「少なくとも私、でたらめちゃんのお店が近くにあったら、毎日通うけどね。その辺の変なレストランよりは絶対に美味しい筈だし、結構楽勝で成功するんじゃない？　それこそすぐにテレビとか雑誌とかに取り上げられそうな気がするけど」

「……。あの、ですから海鳥さん」

しかし、明るい口調で語り掛けてくる海鳥とは対照的に、でたらめちゃんの表情は冷ややかなままである。「ちょっと一回止まってください。私、なんて突っ込めばいいのかも分かりませんよ。よくもまあそんな甘い見通しで、料理の世界を語れたものですよね」

「甘い見通し？」

「ゲロ甘もいいところです。飲食業界は、ちょっと料理上手の素人が店を出して通用するような、温い世界じゃないんですよ」

呆れ果てたような口調で言うでたらめちゃんだった。

「それは確かに海鳥さんの言う通り、そんなに大したことのないお店も、世の中には実際にあるかもしれません。しかしそういうお店は、結局早晩潰れてしまうんです。結局最後まで残るのは、喰堂さんみたいな、本物の料理人が経営するお店だけなんですよ」

「……そうなの？」

でたらめちゃんの捲し立てに、あまりピンと来ていなそうな顔を浮かべる海鳥。

「まあ、他ならないでたらめちゃんがそう言うなら、確かに簡単な世界じゃないんだろうけど」

「当たり前です。私みたいなものが自分の店を持ちたいだなんて、そんな戯言、口にするのもおこがましいですよ」

「……とはいえ、そこまで言い切らなくても良くない？　出来る出来ないは別にしても、夢を語るのは自由な筈でしょ？」

「はあ？　夢？」

「でたらめちゃんだって、本気じゃないにしても、考えたことくらいはあるんじゃないの？　もしも自分が店を開くとしたら、どんな感じにしたいかって」

「…………」

問いかけられて、でたらめちゃんは少しだけ真面目な顔になって、海鳥を見返す。

「……夢、ですか。まあ確かに、夢物語程度でいいのなら、私も考えたことがないとは言いませんけど」

「――！　ほら、やっぱりそうなんじゃん！」

海鳥は満足そうに手を叩いて、

「なに？　具体的に、どんなことを考えてたの？」

「……とりあえず、やるとしたら洋食屋さんがいいですよね」

「洋食屋さん？」

「ええ。それもこのお店みたいなね」

でたらめちゃんは言いながら、今度はぐるりと店内を見回して、

「オムライスとか、エビフライとか、ビーフシチューとか。そういうオーソドックスなメニューを、ちゃんと美味しく食べられるような、王道のお店です。変に奇をてらいたいとは思いません。そんなものは、所詮は偽物のお店ですからね。

屋号は、そうですね。『ぐりる・でたらめちゃん』とでもしましょうか」

「……『ぐりる・でたらめちゃん』？」

海鳥はぱちぱち、と目を瞬かせて、「え、なにそれ？　お店の名前に、自分の名前を入れるってこと？」

「別に深い意味はありませんけどね。お店に来る人は、私の名前が『でたらめちゃん』だなんて、知る由もないでしょうし。

そんなに目立たなくてもいいんですよ。雑誌やテレビなんかに取り上げられたいとも思いません。どちらかといえば、地元の人に長く愛され親しまれるような、安心感のあるお店にしたいところです。まあ、実際に経営するとなったら、そんな甘いことも言ってられなくなるかもしれないですけど」

「…………」

「とうぜん内装にも拘りたいですよね。イメージとしては、『ヨーロッパのおとぎ話に出てくるような木の小屋』なんですけど。そんなところで美味しいオムライスを食べられたら、とっても素敵だと思いませんか？　なんだか自分が、絵本の世界に入り込めたような気がして……ふふっ、まあ全部妄想ですけどね」

「……めちゃくちゃ考えてるじゃん」

やや驚いたように海鳥は呟いていた。「めちゃくちゃ細かいところまで考えてるじゃん。普通に本気じゃん、でたらめちゃん」

「はあ？　本気？　誰がです？」

OPEN

でたらめちゃんは不思議そうに首を傾げる。

「私はただ、適当に考えた妄想をお話ししただけなんですけど？」

「……いやいや、どう考えても妄想のディテールじゃなかったでしょ、今のは」

海鳥は首を左右に振って、「なんか、お店の名前だけじゃなくて、コンセプトとかまで考えてるみたいだったし」

「……いえ、ですから何も本気じゃないんですけどね」

でたらめちゃんは尚も頑なに答えを返してくる。「実際にお店を開くとなったら、開業資金とか、色々と現実的なことを考える必要もありますし」

「それはそうかもしれないけどさ……でも実際、結構よさげなんじゃない、今の？」

海鳥は何故か嬉しそうな口調で言うのだった。

「お店の名前も、世界観もさ。なんだかでたらめちゃんにぴったりって感じ」

「……はあ。まあ、私の妄想なんですから、私の好みは出ているでしょうけどね」

「私は、妄想と言わず、本気でやってみてもいいと思うけどね」

「……え？」

「私、でたらめちゃんは絶対に、そういう仕事にいつか就くべきだと思うんだよね」

海鳥は何やら目を輝かせて語り掛ける。

「私はやっぱりなんと言われようと、でたらめちゃんには料理の才能があると思うんだよ。もっと色々な人に、その才能を知ってほしいんだよ。動画配信ももちろんあなたに向いた素敵な仕事だと思うけど、画面越しじゃ、料理の味はどうしたって伝わらないでしょ？」

「…………」

そんな目を向けられて、でたらめちゃんは困った様子で、視線を逸らしていた。

「……待ってください海鳥さん。そんな風に褒めてくださるのは嬉しいですけど、私にはやっぱりお店を持つなんて無理ですよ。大体今はそんなことをやっている場合でもありません。〈泥帽子の一派〉との対決に集中すべきです」

「はあ？　なにそれ？」

海鳥は眉をひそめて、

「そんなの理由にならないでしょ。〈泥帽子の一派〉との決着がついた後に、お店を開いたらいいだけなんだから」

「…………」

「〈泥帽子の一派〉との決着がついたら、その後でたらめちゃんは、それなりに自由な時間が出来るわけでしょ？」

「……………」

でたらめちゃんの表情が、僅かに引きつる。

それは本当に些細な変化すぎて、正面で彼女を見つめている海鳥でさえ、気づくことは出来なかった。

「……その後、ですか」

ややあって彼女は、ゆっくりと口を開いて、

「そうですね。確かに、もし本当にそんな夢が実現できたら、素敵かもしれませんね」

その後、食事を終え店を出た二人は、ネコミミパーカー姿のまま、モール内をそぞろ歩くことになった。

特に目的地があるわけでもない、腹ごなしがてらの散策である。

「そういえば、でたらめちゃんってさ」

右側を歩く海鳥が口を開く。やはりネコミミパーカー姿の彼女には、すれ違う通行人たちの視界がこれでもかと集まってきていたが、本人も少しずつ慣れてきているのか、それほど恥ずかしそうにはしていない。

「なんでネコ、そんなに好きなの？」

「……はあ？」

怪訝（けげん）そうに海鳥の方を振り向く、左側のでたらめちゃん。

「なんですか海鳥さん。今日はやたら、『なんで？』が多いですね」

「いや、この機会に訊（き）いておこうかと思ってさ」

海鳥は言いながら、ぴょこぴょこと揺れるでたらめちゃんのネコミミフードに視線を移して、「でたらめちゃんが超のつくほどのネコ好きなのは、もう私も十分知ってるつもり

だけど。料理と同じで、なんでそうなのかの理由については、まだ聞いたことないなって」

「……超がつくほどのネコ好きですかね、私？　別に普通だと思いますけど」

「……いやいや、超がつくほどのネコ好きじゃなかったら、こんなパーカー着ようとは思わないでしょ」

呆れたように言いながら、自らの方のネコミミを摘まんでみせる海鳥だった。それを見て、でたらめちゃんはふむ、と唸って、

「……まあ、好きか嫌いかで言えば好きなのは認めますけどね。しかし海鳥さん、そんなのわざわざ答える必要がありますか？　だって、普通ネコが好きなことに、『可愛いから』以外の理由なんてないでしょう？」

「……まあ、うん。確かにそれを言われると、ぐうの音も出ないね」

「……ただまあ、それでも強いてそれ以外の理由を挙げるとするなら」

でたらめちゃんは、思案気に眉をひそめたままで、「まあ、ネコはちょっと、自分に似ているからですかね」

「……でたらめちゃんに似てる？　ネコが？」

「一応断っておくと、自分がネコみたいに可愛い、なんて言いたいわけではありませんよ？　私が言いたいのは『生き方』の話なので。ネコというよりも、野良猫ですが」

でたらめちゃんは肩を竦めて言うのだった。

「誰にも頼らず、一人きりで生きていく。今日食べるものを今日見つけないと生きていけ

ない。困ったところで、誰も助けてくれない。

　それが野良猫ちゃんの宿命だとするなら、それはまさしく、私の半生そのものですからね。それでシンパシーを感じるなという方が、無理な話です」

「でたらめちゃんの半生？」

　返された言葉がやや予想外だったのか、驚いたように、海鳥はでたらめちゃんを見つめる。

「……それって要するに、でたらめちゃんが元々のご主人様に見捨てられてから、私の家に来るまでの間の話ってことだよね？」

「正確には、〈泥帽子(どろぼうし)の一派〉に拾われる前でしょうね」

　首を左右に振ってでたらめちゃんは答える。

「一応あそこにいたときは、仲の良い相手は一人もいなかったとはいえ、それでも一人きりではありませんでしたから」

「……いやでも、あなたが〈泥帽子の一派〉に拾われたのも、確かそんなに前の話じゃなかった筈(はず)でしょ？」

　かつて聞かされた話を思い出そうとするように、海鳥は眉間に皺(しわ)を寄せて、「それででたらめちゃんが生まれたのが、十年前なわけだから……つまりほとんど十年間、でたらめちゃんはずっと一人きりで、そういう過酷な日々を送ってきたってわけで」

「ええ、そういうことですね」

でたらめちゃんは平然と頷き返す。

「ふふっ、どうです海鳥さん？　改めて訊くと、結構過酷でしょう？」

「……うん、それは本当にそうだよね。正直、簡単に『過酷だったね』なんて言っていいのかどうかすらも分からないくらいだけど。その生活を実際に見たわけでもない、私なんかが」

「いえ、変に気を遣わないでください。確かに大変な毎日でしたけど、それはもう私の宿命みたいなもので、言っても仕方ないので。

それに——過去はともかく、今はけっこう幸せに過ごさせていただいてますからね。どこかの誰かさんのおかげで」

「……そう？　まあ、でたらめちゃんがそう言ってくれるなら、私も嬉しいけどさ」

明るく告げてくるでたらめちゃんに、曖昧に微笑み返す海鳥だった……そこで少しだけ、会話が途切れる。お互いに何も言葉を発さず、ただ靴が床を鳴らす音だけが続く時間が、しばらく続く。

「…………」

そしてでたらめちゃんは、正面を向いたままで、不意に息を吸い込んで、「——ちなみに海鳥さん。私の元々の飼い主の話って、聞きたかったりします？」

「え？」

かけられた言葉に、弾かれたように、再びでたらめちゃんの方を振り向く海鳥だった。

「……元々の飼い主？」

「はい。つまり十年前に私を吐いた──私を見捨てた、〈嘘憑き〉のことですね」

平坦な口調で、でたらめちゃんは言う。

「もしも海鳥さんに興味があるのなら、お話ししてもいいですけど」

「…………」

「……あれ？　あんまり興味ないですか？」

「……そうじゃなくて」

海鳥はまじまじと、でたらめちゃんの表情を眺めている。いつの間にか二人は、歩く足を止めてしまっていた。「ちょっとびっくりして。だってでたらめちゃん。私にそんな話してくれようとしたことなかったでしょ？　今まで、一度だって」

「まあ、機会がありませんでしたからね」

でたらめちゃんは頷いて、「わざわざ話すことでもないと思っていたので……もしかして海鳥さん、ずっと気になってました？」

「いや、そりゃ気になるでしょ、普通」

海鳥は深く頷きつつ答えていた。

「それって、でたらめちゃんのルーツみたいなものだしさ。ただ、でたらめちゃん当人がぜんぜん話そうとしてくれないから、私もあんまり詮索してこなかっただけで。

でもまあ、教えてくれるっていうのなら、この機会に色々聞いちゃおうかな」

海鳥はそう言うと、軽く息を吸い込むようにして、「まず、その人って男なの？　女なの？　何歳くらいの人？」

「……そうですね」

問いかけられて、やや言葉を選ぶようにするでたらめちゃん。

「まず、性別は女性です。女の人です。海鳥さんや奈良さんと同じく……ただすみません。年齢については、ちょっと忘れてしまいました」

「忘れた？」

「はい。具体的に何歳とまでは思い出せないですね」

でたらめちゃんは首を左右に振って言う。「ただ、まだ若い人なのは間違いないですよ。これは現時点での年齢が、という意味ですけど」

「……現時点でも若いってことは、でたらめちゃんを吐いたときは、まだ子供だったってこと？」

「はい。10年前の時点で、『彼女』はまだ子供でした。別に子供が〈嘘憑き〉になれないという理屈はないので、特に驚くようなことでもありませんが」

「……ふぅん、子供ね」

海鳥はしみじみと頷いて、

「それで、どんな人だったの？　性格とかは？」

「……どんな人、ですか。まあ、優しくて良い人だったんじゃないですか？　多分ですけど」

「多分？」

「私、『彼女』のことはそんなによく知らないんですよ。かつて一緒にいた時間が、限りなく短いので」

「……え？」

「いえ、短いというより、ほぼなかったと言うべきなのかもしれませんね」

でたらめちゃんは自嘲気味に笑ってみせる。「なにせ『彼女』は、私を吐いたその日にはもう、〈嘘憑き〉をやめてしまいましたから」

「…………は？」

告げられた言葉に、ぽかん、と口を開けて固まる海鳥だった。

「……ちょっと、なにそれ？　その日の内に〈嘘憑き〉を辞めた？」

「はい。たったの一日でね」

でたらめちゃんは、淡々とした口調で答えていた。

「つまり私が『彼女』と一緒にいられたのは、それくらいの時間だけということなんです、海鳥さん。私と『彼女』の間には、その程度の交流しか存在していません。嘘としての私は、ご主人様のことを詳しく知る前に、ご主人様によって手放されてしまったんです」

「……い、いやいや」

海鳥はふるふる、と首を振って、

「待ってよでたらめちゃん。〈嘘憑き〉がその日の内に、嘘を吐くのを辞めちゃう？　そんなことあり得るの？」

「……まあ、普通にあることではないでしょうね」

でたらめちゃんは答えつつ、なにやら真剣な顔になって、視線を落としていた。「……まあ、色々と事情があったんですよ。あのときは」

「……事情？」

「ええ。とても一言では言い表せないような、複雑な事情です」

「……？　よく分からないけど、じゃあでたらめちゃんは、その〈嘘憑き〉さんとは十年前に別れたっきりってこと？」

海鳥は尚も質問を重ねる。

「今、その人がどこで何をしているか、でたらめちゃんは知らないの？」

「いいえ海鳥さん。もちろんちゃんと把握していますよ、彼女の現在は」

でたらめちゃんは首を振って答える。

「今どこに住んでいるのか、どういう生活を送っているのか、大体のところはね。別に調べようと思えば、簡単に調べられることでしたし。

それこそこの十年、『彼女』の様子を見に行ったことは、一度や二度ではありません。少なくとも今の『彼女』は、幸せな日々を過ごしているようですよ。あくまで私が傍から眺める限りにおいては、ですけど」

「……傍から眺める限り。つまり、直接会いに行ったわけじゃないってこと？」

「はい。基本的に、こっそりの覗き見しかしてきませんでした。恐らく本人は、私に陰から見られていたことなんて、気づきもしてないでしょうね。

　まあ、これも当たり前の話です。わざわざ姿を見せたところで、昔に自分を見捨てたご主人様と今さら会話することなんて、私にはないですから」

「……………………」

　そうこともなげに語るでたらめちゃんを、何とも言えなそうな目で眺める海鳥だった。

「…………でたらめちゃんはさ。やっぱり恨んでるの、その人のこと？」

「……恨んでいる？　なぜそう思うんです？」

「いや、自然に考えたらそうなるでしょ？　だってでたらめちゃんが、十年間も過酷な目に遭い続けてきたのは、こう言っちゃなんだけど、全部その〈嘘憑き〉さんのせいなわけなんだから」

「……」

「その人が、でたらめちゃんを見捨てさえしなければ、あなたは苦しまずに済んだわけでしょ？　それなのに当人は、でたらめちゃんが苦しんでいることなんて知りもせず、今も幸せに暮らしているわけなんだよね？

　それはあなたの言う通り、その人にも色々な事情はあったんだろうし。そもそも〈嘘憑き〉に嘘をやめさせてばかりいる私に言えた義理では、本当にないんだろうけどさ。諸々の情報を加味しても、やっぱり当事者のでたらめちゃんからしたら、簡単に許せることじゃないいんじゃないかって」

「…………」

その問いかけに、でたらめちゃんはしばらくの間、沈黙した。

これまでの会話の中で、一番長い沈黙だった。

二人とも黙ったまま、ただ傍を通行人たちが通り過ぎていく時間が、しばらく流れる。

「……私がその人を恨んでいるか、ですって？」

が、やがてでたらめちゃんは、ゆっくりと口を開いて、

「何を言っているんですか海鳥さん。恨んでいるわけがありませんよ」

「……え？」

「だって、恨まれるべきは、どう考えても私なんですから」

静かな、押し殺したような口調で、彼女は言うのだった。

「ちょっと十年間、生きるか死ぬかの過酷な日々を送ったところで『彼女』を恨むなんて、そんなの筋違いもいいところです。私が『彼女』にかけた迷惑を思えば、到底釣り合いません。いくら私でも、それくらいは理解できます」

「……え、なに？　どういうこと？」

「海鳥さん。私はむしろ、嬉しいくらいなんですよ」

怪訝そうな顔を浮かべる海鳥に対して、でたらめちゃんは苦笑いを浮かべて語り掛けて

いく。

「『彼女』が今、私のことなんて綺麗に忘れて、幸せに暮らしていてくれることが。その事実が、料理よりも猫ちゃんよりも、私の心を一番に救ってくれているんです」


……。……。……。

◇◇◇◇

一方その頃。

海鳥とでたらめちゃんが、つい先ほどまで食事していた、レストランの店内にて。

二人が座っていたのと同じテーブル席に、現在は、四人の若い女性客が腰かけている。

「美味しい！」

そう感激したように声を上げたのは、四人の内の一人――金髪お嬢様、清涼院綺羅々。

「このオムライス、すごく美味しいわよ、守銭道化！」

彼女は口を押さえて言いながら、自らの隣の席に視線を移して、

「ふわふわで、しかもトロトロだわ！　あなたもそう思うでしょ!?」

「はい、そうですね綺羅々さま」

呼びかけられて、メイド服姿の少女・守銭道化は、いつものポーカーフェイスで頷き返していた。「いつも名古屋で食べていた冷凍食品のオムライスとは、比べ物になりませんね」

「……いや、それは冷凍食品とは違って当たり前でしょうけど」

守銭道化の返答に、若干表情を引きつらせる清涼院。「でも驚きだわ。完全にふらっと入っただけのお店で、味なんて大して期待もしていなかったのに。神戸って、洋食のレベルが高いのかしら。

ねえ、あなたもそう思わない、枕詞さん？」

「…………」

問いかけられたのは、清涼院のちょうど真正面に座る、緑髪の少女、枕詞ネムリ。

眠そうな目をした彼女は、清涼院の方を見ようともせず、カタカタ、カタカタと、手元のスマートフォンを指で操作し続けている。

彼女の目の前にも、同じようにオムライスが置かれているのだが、完璧に元の状態を保ったままで、一口も食べられた形跡がない。

「…………」

「……ちょっと、枕詞さん？」

そんな枕詞の表情を、清涼院は覗き込むようにして、「あなた、流石にごはん食べるときくらいは、スマホを手から離したらどう？」

「…………」

やはり何も答えない枕詞。

カタカタ、という操作音だけが、唯一の反応らしい反応である。

「嘘でしょ？　あなたまさか、それ食べない気？」

清涼院は信じられないという顔で、枕詞の手元のオムライスを睨んでいた。「いやいや、いくら泥帽子さんのお金で注文したものだからって、それはあんまりなんじゃないの？」

「ははは っ！　すみませんっす、清涼院さん！」

と、二人のやり取りを見かねたように口を挟んできたのは、清涼院から見て右斜め前にこしかける黒スーツの女、空論城だ。

「どうかお気を悪くしないでほしいっす！　ネム先生、今は『お仕事』の佳境なんで。食事中でも手が離せないんすよ！」

「……はあ、『お仕事』ね」

「それに、ネム先生のお手を煩わせるまでもないっすよ！　こういうときのために、ウチはいるんすから！」

などと、空論城は元気のいい調子で言うと、不意に横合いに手を伸ばして、放置されたままの枕詞のスプーンをつかみ取る。そしてやはり枕詞の目の前のオムライスを、そのスプーンですくい、そのまま枕詞の口元へと運んでいた。

「はい、ネム先生！　あーん、ってしてください！　あーん、って！」

「………………」

枕詞は何も答えない……が、答えない代わりに、その口元を、ほんの僅かだけ開いていた。

すると次の瞬間、彼女の口内に、空論城の持っていたスプーンが、ゆっくりと突っ込まれる。

　ぱくっ、という音。

「…………」

「ふふふっ、どうっすかネム先生～？　美味しいっすか～？」

　さながら母親のように主人に喋りかける空論城に対して、当の枕詞は、ただ口をもぐもぐと動かすだけだった。両者の間で会話は成立していないものの、どうやら食事をしようという意志は枕詞にもあるらしい。

「……なるほど。本当に大変なご様子ね」

　そんな二人のやり取りを、とても奇妙なものを見るような目で見つめる清涼院だった。

「まあ、仕事が忙しいというのは本来結構なことなんでしょうけど。それでもそこまで集中して作業している姿を見せられると、そう素直に羨ましがることも出来ないわよね。当たり前だけど、楽な仕事じゃないのね、小説家っていうのも」

「ははっ！　それはそうっすね！」

　清涼院の言葉に、空論城はおかしそうに笑う。

「ありがたいことに、ネム先生は結構な売れっ子なんで。こうして食べる間も惜しんでスマホで執筆しないと、とても締め切りをこなしていけないんすよ。最近は、ろくに眠れてもないっすしね」

「…………」

などと語る空論城の真横で、もはや言うまでもなく枕詞は、何の反応も見せないのだった。

まるで、周囲の音や景色など、一切耳に入っていないというような態度である。

「……それにしても、なんだか不思議な気分ですわ」

ふるふる、と清涼院は首を左右に振って、「こうして枕詞さんたちと、普通にお昼ごはんを食べているだなんて。いえ、それを言い出したら、今この瞬間に神戸(こうべ)にいること自体がそうよね」

清涼院は言いながら、感慨深げに、窓の外を眺めるのだった。「本当に、とんでもないことを思いついたものよね、泥帽子(どろぼうし)さんも。どうかしているとしか思えないわ。〈泥帽子カップ〉だなんて」

3　でたらめちゃんについて③

それは、十年前のこと。

兵庫(ひょうご)県神戸(こうべ)市。

四月某日。

ある住宅街の通りにて。

「……遅いですね」

通りの電信柱の傍(そば)に佇(たたず)みつつ、泥帽子(どろぼうし)は、そんな風に独り言を漏らしていた。

彼の近くには誰もおらず、一人きりである。例の泥色の帽子に手をやりながら、なにやら首を伸ばして、遠くの方に視線を送っている。

「情報通りなら、そろそろこの道を通りかかる筈(はず)なのですが」

——と、彼がさらにそんな独り言を続けた、まさにその直後だった。

泥帽子の視線の先、曲がり角の向こう側。

赤いランドセルを背負った、一人の女の子が、姿を現していた。

小柄な女の子である。

身長は120㎝前後といったところ、恐らく一年生か二年生だろう。

特徴的なのは、その長く綺麗(きれい)な黒髪——小柄な体躯(たいく)も相まって、どこか日本人形を彷彿(ほうふつ)

とさせるいでたちだ。

「……………」

少女は下を向きながら、とぼとぼと、泥帽子の佇んでいる方へと歩いてくる。

周囲に友達らしき人陰はない。

どうやら一人ぼっちらしい。

「……ああ、ようやくですか」

と、そんな少女の姿を一目みて、泥帽子は上機嫌な呟きを漏らしていた。見れば彼の表情には、いつのまにか、気味の悪い微笑みが浮かんでいる。

そして彼は帽子を目深に被り直すと、軽く息を吸い込むようにして、

「——こんにちは！　今日はいい天気ですね！」

「…………え？」

そう呼びかけられ、黒髪の女の子は、弾かれたように顔を上げる。

ずっと下を向いて歩いていた彼女は、今の今まで、泥帽子の存在に気づいていなかったらしい。「…………え？　は？」

女の子はかなり困惑した様子で、ぱちぱち、と目を瞬かせている。一方の泥帽子は、やはり微笑みを湛えたままで、

「ふふっ、すみません。いきなり驚かせてしまって。でも安心してください、俺は怪しい者じゃないので」

「…………？」

「小学校からの下校途中ですか？　懐かしいですね～。そういえば俺にも、ランドセルを背負って登下校していた時期がありましたよ。もうほとんど憶えていませんけど」

どこまでも親し気に言葉をかけていく泥帽子。比例するように、女の子の表情の困惑の色は、どんどん深くなっていく。

「…………え？　あ、あの、すみません。どちらさまですか？」

「どちらさま？　ふふっ、さて、どちらさまでしょうね～」

ようやく発せられた女の子の問いかけにも、泥帽子はまともに取り合わない。「そんなことよりお嬢さん。今から、お兄さんとちょっとお話ししませんか？」

「…………は？」

「あっちの物陰とか、ちょうどいいと思うんですけど」

泥帽子は言いながら、電信柱の陰を指さして、

「そんなに時間はかかりませんし、もちろんタダでとも言いません。もしも素直にお兄さんについてきてくれたら、お礼にお菓子をなんでも買ってあげましょう。どうです？」

「…………」

泥帽子の呼びかけに、女の子は一瞬、呆然としたように固まってしまう。

――が、それは本当に一瞬だけのことであり、次の瞬間にはもう、女の子の表情は変化していた。

困惑の顔つきから、警戒の顔つきへの変化である。

「……え、ええと」

言いながら、じりじり、と泥帽子に対して後ずさっていく女の子。ランドセルにくくりつけられた防犯ブザーに、既に手を伸ばしてもいる。

「あ、あの、すみません。わたし、しらないおとなのひとについていっちゃだめって、おかあさんにいわれているので……！」

泥帽子を怯えた目で見返しながら、女の子は言う。

完全に警戒態勢、という様子だった。もしも泥帽子が一歩でも近づいてきたら、即座に防犯ブザーの紐を引き抜いて、ダッシュで逃げ出すことだろう。

「……ははっ。やれやれ、これは困りましたね」

対する泥帽子は、そんな少女の対応を受けて、今度は困ったような声を漏らしていた。

「まあ、普通はそういう反応になるのでしょうが――致し方ありません。白薔薇さん、お願いします」

「…………え？」

と、女の子が当惑の声を漏らした、次の瞬間だった。

「――あっ」

彼女は突然、糸の切れた人形のように、その場に崩れ落ちていた。

◇◇◇◇

「……なんだか今日のでたらめちゃん、やっぱりちょっと変だよね」

ショッピングモールのフロア内。女子トイレの手洗い場の前にて。

海鳥は手を洗いながら、独りでに呟いていた。

「いや今日っていうより、やっぱりやっぱりやっぱり、昨日喰堂さんのところから帰ってきてからだけど」

鏡を見ながらぶつぶつと呟く海鳥の傍に、人影はない。「あんな風に、色々自分のことを話してくれることなんて、今までなかった筈だし……」

彼女は尚も怪訝そうにしつつ、手洗い場の水を止める。そしてポケットから取り出したハンカチで、手を拭きながら、

「それで、一体なんなんだろう？　あの子が今日、私に話さないといけないことって」

――ツンツン、ツンツン。

「おーい。ちょっとええかの、お姉ちゃん」

「……え？」

と、そんなときだった。

海鳥の背中が、突然に、何者かの指によって突かれる。

「…………？」

驚いて、後ろを振り向く海鳥――佇んでいたのは、銀髪ツインテールの幼女。

年は小学四年生くらい。海鳥のほぼ半分くらいの背丈。小麦色に焼けた肌。そして何の起伏もない平らな体つき。

「ほほっ、すまんのう急に声をかけて。びっくりさせてしもうたか？」

「……誰？」

相手の顔を凝視しながら、海鳥が発していたのは、そんな心からの一言だった。

彼女にとっては、まるで見覚えのない幼女である。

「ところで、一応確認なんじゃが」

そして、そんな海鳥の反応に構わず、またも銀髪少女は口を開いて、

「お前、海鳥東月ちゃんで間違いないのじゃよな？」

「……えっ!?」

「ん？　なんじゃ？　違うのか？」

「…………」

思いがけない言葉に、思わず息を呑む海鳥。

「……は？　え？　なんであなた、私の名前を知って――」

「ほっほっほ。そうかそうか、間違いないか。それは何よりじゃ」

海鳥の言葉を遮るようにして、銀髪幼女は満足そうに笑う。「……しかし、なんというかアレじゃな。月並みなことを言うようじゃが、時の流れというのは、本当に早いものじゃ。あのときのガキが、たった十年間で、こんなに大きく育つとはの。わしは最初お前の後

ろ姿を見たとき、本当にあの海鳥東月なのか、確信が持てんかったぞ？」

「………は？」

「特に身体の一部分の成長が、なんとも生意気でムカつく限りじゃが」

　言いながら、やや不機嫌そうに海鳥の胸部を見上げる銀髪幼女。

「まあええじゃろう。本当はもう少し話したいところなのじゃが、あまり時間をかけんようにと、あの男から釘を刺されているものでな。

　そういうわけで、一緒についてきてもらうぞ、海鳥東月」

「………??」

　まるで訳が分からない海鳥。

　一体目の前の幼女は、何を言っているのか――しかしそれを尋ねることは、彼女には出来なかった。

　次の瞬間、糸の切れた人形のように、彼女はその場で意識を失っていた。

「駄目ですね……中々ふんぎりがつきません」

　そして、女子トイレの前。通路の真ん中に置かれたベンチに腰かけながら、海鳥を待つでたらめちゃんもまた、独り言を呟いていた。

「さっさと本題に入ればいいだけなのに。私ったらグダグダといつまでも、関係あるんだかないんだかよく分からない話を……あれじゃあ海鳥さんもいい迷惑ですよ」

　彼女は自嘲するように息を吐き、ふるふると首を左右に振って、

「……大丈夫ですよ。きっと話したところで、何の問題もないんですから。ただ、私が軽蔑されてしまうというだけで――」

《――おい、ネコ》

　と、そんなときだった。

　でたらめちゃんの身体の中から、唐突に、女の声が響いてくる。

《海鳥東月が帰ってくる前に、一つだけ質問したい。端的に答えろ》

「……なんですか敗さん？」

　でたらめちゃんは驚いたように、自らの身体を見下ろして、

「珍しいこともあるものですね。あなたの方から、私に喋りかけてくるだなんて」

《くだらん相槌を打つな。私はお前と、世間話をしたいわけではない》

　不機嫌そうな声で、敗は言う。

《ただ、いい機会だから訊いておきたいというだけだ。お前と海鳥東月が協力している、そもそもの理由についての話をな》

「どういう意味でしょう？」

《お前と海鳥東月の契約は、確かこうだったな？　海鳥東月は、お前の〈嘘殺し〉に協力する。反対にお前は海鳥東月に、『嘘を取り戻させる〈嘘憑き〉』を紹介するのだ、と》

「……はあ、その通りですが。それがどうかしましたか？」

《……私は最初にそれを聞いたときから、ずっと疑問に思っていたのだ》

敗はふう、とため息をついて、

《『嘘を取り戻させる〈嘘憑き〉』とは、具体的に一体誰のことだ？》

「……え？」

《そんな〈嘘憑き〉が、本当にこの世に実在するのか？》

真剣な口調で、彼女は尋ねてくるのだった。《私も〈泥帽子の一派〉としてそれなりに活動したつもりだが、そんな〈嘘憑き〉の話、皆目聞いたこともないぞ》

「………………」

《そもそも、まず理屈が分からん。人に嘘を取り戻させるだと？　どんな嘘を吐いたら、そのような妙な能力を得るようになるのだ？

嘘を吐けない人間など、海鳥東月をおいて他には存在しない筈だ。そんなあの女にだけ都合のいいような能力を持つ〈嘘憑き〉が、たまたまこの世に実在していて、しかもたまたまお前の知り合いでもあっただと？　そんな偶然が、本当にあるのか？》

「……なにが言いたいんです、敗さん？」

でたらめちゃんは平坦な口調で尋ね返す。

「まさか私が、海鳥さんに出鱈目を言っているとでも？」

《……勘違いするなよ？　別に私は、海鳥東月のことなどどうでもいい。ただ、真偽のほ

どが気になるというだけだ》

敗は鬱陶しそうに息を吐いて、

《まあ、もしも嘘だというなら、それほど私にとって都合のいいこともないがな。それが露見することは即ち、お前たちの協力関係の破綻を意味する。であれば私も念願かなって、いよいよお前の身体から解放されることが出来るわけだから――》

「いいえ敗さん。残念ながら、でたらめちゃんの言っていることは、嘘でもなんでもありませんよ」

でたらめちゃんの横合いから、不意に、声が響いてくる。

優しげな、男性の声だった。

「だって、俺も知っていますからね。その〈嘘憑き〉さんのことは」

「…………え？」

真横を振り向くでたらめちゃん。

彼女の隣には、いつの間にか、一人の男が腰かけていた。

泥色の帽子を被った、細身の男だ。

「しかしまあ、少しばかりずるい言い方だとは思いますけどね」

男はでたらめちゃんの方を見据えつつ、くすくすと笑う。

「いくら海鳥さんには、そう説明するしかなかったとはいえ。よくそんな詐欺みたいな物言いをしたものですよ、あなたも」

「――っ!?」

ガタッ！

飛び跳ねるように、でたらめちゃんはベンチから立ち上がっていた。

「…………っ！」

「ふふっ。それにしても、今のは中々に感慨深い光景でしたね」

男はやはりニヤニヤと笑いながら、

「あのでたらめちゃんと敗さんが、仲良く談笑しているところを見られるだなんてね。今年の四月以前なら、およそ考えられないことです。呉越同舟というのは、やはり絆を深めるものなのでしょうか」

《…………貴様》

静かに声を上げていたのは、でたらめちゃんの中の敗だった。

《貴様、何故こんなところに？》

「何故？　俺がショッピングモールで買い物してはいけないんですか？」

「…………！」

すっとぼけるような口調の男を、でたらめちゃんはいつになく険しい表情で睨みつけている。

「ははっ、落ち着いてくださいよでたらめちゃん。俺はなにも、あなたたちに危害を加えるつもりはないんですから」

そんなでたらめちゃんに、男は優しい笑みを向けて、

「今日は挨拶に来ただけなんです。あなたたち二人にね」

「……………なんですって!?」

「――おーい、待たせたの」

と、そんなとき、二人の会話を遮るようにして、また別の少女の声が響いてくる。

「言われた通り、連れて来てやったぞ」

声の主は、銀髪ツインテールの幼女だった。

でたらめちゃんと男がにらみ合っている姿を、やや離れた位置から、にやにやと眺めてきている。

そして、そんな彼女の横合いに佇んでいるのは、虚ろな目をした海鳥である。

「……！　海鳥さん!?」

でたらめちゃんはぎょっとしたように叫んでいた。

「ど、どうしたんです、海鳥さん!?」

「…………」

海鳥は、何の反応も見せない。ただ心ここにあらずといった様子で、ぼーっと虚空を眺め続けている。でたらめちゃんの声が聞こえているのかどうかも怪しい。

「ほほっ。そう慌てるでない、ネコちゃんよ」

でたらめちゃんの叫びを受けて、より一層おかしそうに笑う銀髪幼女。

「ここまで連れてくるために、少しばかり静かになってもろうただけじゃ。喋(しゃべ)りたいというのなら、今すぐに元に戻してやろう」

言いながら銀髪幼女は、ぱちんっ、と指を鳴らす。

すると――

「………あれ?」

そこで海鳥(うみどり)はハッとしたように、目を見開いていた。「……?? え、ここどこ? 私、さっきまで女子トイレにいた筈(はず)……」

海鳥は訳が分かっていないという様子で、きょろきょろと周囲を見回している。

「やあ、お久しぶりですね海鳥さん」

そんな彼女に、男は明るい調子で言葉をかけていた。

「おおよそ一か月ぶりでしょうか。お元気でしたか?」

「………え?」

呼びかけに、海鳥はゆっくりと顔を振り向かせて、

「………か、カウンセラーさん?」

少しの沈黙のあと、そんな困惑の声を発していた。

「……え? は? どういうこと? なんでカウンセラーさんが、こんなところに?」

「……カ、ウ、ン、セ、ラ、ー、さ、ん、ですって？」

海鳥の言葉を受けて、ぎろりと男を睨むでたらめちゃん。

一方の男は、やれやれ、という風に肩を竦めて、

「まあ、見ての通りですでたらめちゃん。あなたの大切な海鳥東月さんを、人質に取らせていただきました」

「………っ！」

「とりあえず場所を変えたいので、大人しくついてきてください。いいですね？」

「…………⁇」

◇◇◇◇

困惑のまま、ネコミミパーカー姿の海鳥は、通りを歩いていた。

ショッピングモールを出てすぐの、車道に面した道。まだ昼過ぎということもあって、日は依然として高いまま。穏やかな秋の日差しを受けながら、ショッピングモールへと向かう通行人たちをよけるようにして、彼女は逆方向へと進んでいる。

そして、そんな彼女を挟み込むようにして歩いているのは、合計三つの人影。

「ふふっ、すみませんね海鳥さん。あなたたち二人の時間の邪魔をしてしまって」

と、三つの人影の一つが、不意に口を開いていた。海鳥も含めた四人の中では、唯一の男性、微笑みを湛えた細身の男である。

「それにしても、まさかあなたとこんなに早く再会できるだなんてね。俺は嬉しいですよ――そして改めて言わせていただきますが、その節は本当にありがとうございました」

「……え？」

言葉をかけられて、海鳥はぼんやりとした顔のまま、男の方を見返す。「あっ、いや、とんでもないですそんなの。改めてお礼を言われるようなことじゃないし、むしろ私の方がお礼を言うべきっていうか……あ、あの日はカウンセラーさんに力になっていただけて、本当に助かりましたし……」

「…………」

と、そんな風に慌てて言葉を返す海鳥を、じっと不審そうな目で眺めているのは、四人の集団の内の一人、でたらめちゃんだった。

「……ちょっと待ってください海鳥さん。本当にどういうことですか？」

「……え？」

「なぜあなたが、その男のことを知っているんです？」

「……。いや、それはこっちの台詞なんだけど」

海鳥もまた、怪訝そうにでたらめちゃんの方を振り向いて、

「でたらめちゃん、カウンセラーさんと、知り合いだったの？」

……。……。……。

「…………っ！」

そして、数十秒後。

海鳥の説明を全て聞き終えたでたらめちゃんは、声にならない吐息を漏らしていた。

「………そんな、馬鹿な」

ふるふる、と首を左右に振りつつ、彼女は呟く。「あの日、私のまったく知らないところで、そんなことが………」

「――ほほっ。まあ、お前にしてみれば衝撃の事実じゃろうな」

そんな彼女に上機嫌に声をかけるのは、四人の最後の一人、やはり海鳥の傍を張り付くようにして歩く、銀髪の幼女だ。

彼女はくるくる、と自らのハーフツインの先を指で巻きつけるようにしながら、でたらめちゃんに対して、ニヤニヤとした微笑みを向けて来ている。

「まさかお前の大事な大事なこの娘が、お前の知らんところで、よりにもよってこの男と二人っきりで過ごしておったとはのう。想像するだけでもぞっとするじゃろう。心の底から同情するぞ、ネコちゃんよ」

「………っ」

でたらめちゃんは、今度はそんな銀髪幼女の方を振り向いて、

「……白薔薇さん。そっちの男だけでなく、何故あなたまでもが、こんなところに？」

「ほほほっ。さあ、何故じゃろうな」

白薔薇、と呼ばれた銀髪幼女は、くすくすと笑う。

「しかしネコちゃんよ、わしらも随分と久しぶりじゃのう。おおよそ半年ぶりといったところか？　こうして見る限りは、まだ元気そうで何よりじゃな。正直お前は、一か月も持たずに野垂れ死ぬと予想しておったのじゃが」

「…………」

「――ほほっ！　なんて顔をするんじゃネコちゃんよ。ただの軽口ではないか。マジになるでない」

でたらめちゃんの表情を覗き込んで、尚もおかしそうに笑う銀髪幼女・白薔薇。「まったくお前は、相変わらず冗談の通じんネコちゃんじゃな……まあいいが。そんなことより、そんな風にわしの方ばかり見ていていいのか？

今日お前に会いに来た懐かしい顔は、わしやこの男だけではないぞ。一度、前を向いてみぃ」

「…………え？」

言われて、弾かれたように、でたらめちゃんは正面に視線を戻していた。

彼女の目の前に広がっているのは、広場である。

歩道を会話しながら歩いていた彼女たちは、いつの間にか、ショッピングモール近くの公園にまでたどり着いていたらしい。

公園の広場の中央では、立派な噴水が立ち上っている。

……そして、噴水の前に佇んでいるのは、今のでたらめちゃんたちと同じ、四つの人影。

「……え？」

と、四人の内の一人が、でたらめちゃんの視線に気づいたのか、顔を向け返してくる。

「…………げっ!?」

ややあって、その少女の口から漏れていたのは、そんな品のない叫び声だった。

金髪碧眼の、お嬢様然とした少女である。

「で、でたらめちゃん!?　それに海鳥さん!?　ど、どうしてここに……！」

「……は？」

ぽかん、と口を開けて、声を漏らすのは海鳥だった。

「……えっ？　嘘でしょ？　清涼院さん？」

それはどこからどう見ても、清涼院綺羅々その人だった。五月の上旬に海鳥東月をさらった、金髪お嬢様。まさかさらわれた当人が見間違えるはずもない。

その傍らに控えているのは、メイド服姿の少女、守銭道化だ。彼女の方は真顔だが、しかしわずかに驚いた様子で、海鳥たちの方を見返してきている。

「……ちょっと、これはどういうことなの？」

きっ、と表情を険しくさせる清涼院。彼女の視線の向く先は、海鳥でもでたらめちゃんでもなく、微笑みを湛えた中年男性である。

「わたくし、あなたから何も聞いていないんだけど？」

「ええ、そうでしょうね。何も伝えていませんから」

睨み付けられて、男は平然と答えていた。

「清涼院さんに事前に伝えずとも、特に問題はないものと判断しましたので」

「…………っ!?」

「……ふふっ、どうしました清涼院さん？　なにやら顔色が優れないようですが」

男はニヤニヤと笑って言う。

「まるで内緒のお友達と、うっかり鉢合わせしてしまったような顔色じゃないですか。これは奇妙ですね。確かあなたたち二人の間に面識はないと、他ならぬ清涼院さん自身が仰っていた筈ですけど」

「…………っ！」

対照的に、清涼院は苦々しげに表情を歪めると、逃げるように泥帽子から視線を逸らしていた。「……！　最っ悪ですわ。本当に、考えうる限り、最悪のケース！」

「………??」

が、そんな両者のやり取りを見せられても、海鳥の困惑は、ますます深まるばかりである。（ど、どういうこと？　なんで清涼院さんと守銭道化さんが、ここにいるの？　なんでカウンセラーさんと、知り合いみたいに喋ってるの？）

――そして、そんな清涼院・守銭道化の横合いには、残り二つの影。

どちらも若い女だ。

「うわっ！　すっげ～！　マジででたらめちゃんじゃないっすか！」

ぴょんぴょんっ！

と、その場で軽く飛び跳ねつつ、テンション高く叫んでいるのは、黒髪黒スーツの女だった。海鳥よりもさらに高い背丈に、枝のように細い身体のライン。しかしそのスタイリッシュな外見とは裏腹に、浮かべている表情は、無邪気そのものである。

「え、マジでめっちゃ久しぶりっすよね！　感動っす！　もう二度と会えないと思っていたっすもん、ウチ！

——ね？　ネム先生もそう思うっすよね⁉」

「…………」

黒スーツの女に問いかけられて、傍らの少女は、しかし何の反応も返さなかった。

美しい翠玉色の髪の、眠そうな目をした少女だ。口を真一文字に引き結んで、なにやら手元のスマートフォンを一心不乱にのぞき込み続けている。

「…………」

ひたすらの無言。そしてひたすらの無表情。なにか言葉を発するどころか、スマートフォンから視線を外そうという気配すらない。

「……っ！　清涼院さんたちだけでなく、空論城さんに、枕詞さんまで……！」

そんな彼女たちの姿を見て、ぎりっ、と唇を噛んでいたのは、でたらめちゃんだった。

「い、一体どうなってるんですか、これ⁉　ほとんど全員集合みたいなものじゃないですか！」

《──おいネコ》
と、そのときだった。
でたらめちゃんの体内から、唐突に、敗(やぶ)の声が響いてくる。
《何をぼーっとしている。今すぐ私を、お前の身体(からだ)の外に出せ》
「……え?」
《当然、筆記用具とサラダ油もだ。早くしろ。死にたいのか?》
敗は面倒そうな口調で言う。
《私たちは、お前の身体の中からでは、上手(うま)く力を扱うことが出来ん。このメンツを前に、そのハンディキャップは致命的だ》
「……敗さん」
《──そうですよでたらめちゃんさん! 早く私を外に出してください!》
と、続いて響いてくるのは、とがりの声。《なんだかよく分からないですけど、めっちゃ一大事っぽいじゃないですか、これ! いつぞやの金髪お嬢様も何故(なぜ)かいるみたいですし! 一秒でも早く私を召喚して、東月(とうげつ)ちゃんの傍(そば)に置いてください!》
《そ、そうだよでたらめちゃん! あたしも準備できてるからさ! 外に出しておくれ!》
さらに続いてサラ子の声。そんな三者の声を受けたでたらめちゃんは、深く頷(うなず)いて、
「……ええ、そうですね。皆さんの言う通りです。お願いします」
……そして数瞬後、彼女の身体の中から、合計三人の少女が飛び出してきていた。

敗、土筆ヶ丘とがり、そして菜種油サラ子の三人である。

「――ふう、まったく。本当になんなんですか、この状況は？」

開口一番、敵意に満ちた呟きを漏らしながら、清涼院たちの方を睨み付けるとがり。

「突然わらわらと出てきて、一体誰です、この人たち？　なんだか見覚えのある顔も、二人ほど交じっているみたいですけど」

「…………っ!?」

そんなとがりの姿を一目見て、対する清涼院も、露骨に顔色を曇らせていた。

「……嘘でしょ？　この前の、例の青い子じゃない」

彼女は言いながら、不意に半年前の頭痛を思い出したのか、自らの頭を押さえて、「あ、悪夢だわ。出来ればもう二度と、顔も見たくなかったのに……！」

「……綺羅々さま」

と、そんな清涼院の服の袖を、傍らからくいくいっ、と引っ張る守銭道化。

「……ん？　なに守銭道化？　どうかしたの？」

「……いえ、大したことではないのですが。たった今現れた、あのおかっぱ頭の女の子。彼女は響いてきた話し声を聞く限り、ひょっとして――」

「……ええ。そっちももちろん気づいているわよ」

清涼院はため息まじりに頷いていた。

「つまり、そういうことなのでしょうね。喰堂さんがちゃんと救われたみたいで、わたくしも他人事ながらホッとしましたわ……それにしても、随分と可愛らしい見た目になったものね。半年前の姿とは、似ても似つかないじゃないの」

――以上、公園の広場に集結しているのは、この十一名だった。

海鳥東月。

でたらめちゃん。

敗。

土筆ヶ丘とがり。

菜種油サラ子。

清涼院綺羅々。

守銭道化。

枕詞、と呼ばれた、眠そうな顔の少女。

空論城、と呼ばれた、黒髪黒スーツの女。

白薔薇、と呼ばれた、銀髪褐色の幼女。

そして最後の一人――海鳥が夏休みに邂逅した、『自称カウンセラー』の中年男性。

「ふふっ、しかし壮観ですねぇ」

男は、自分以外の少女たちをぐるりと見渡しつつ、そう満足そうな声を漏らしていた。

「役者が揃う、とは、まさにこういう光景のことを言うのでしょうね。あまりの絶景ぶりに言葉も出ません。わざわざ苦労して、この場をセッティングした甲斐があったというものです」

彼の顔に張り付いているのは、心からの愉快そうな微笑みである。そのまま一つ一つ丁寧に、広場に集まった少女たちの顔を、順番に眺めていく。

……ややあって男の視線は、依然として呆然と固まったままの、海鳥東月の顔に向けられる。「――ちなみに海鳥さん。まさかこの期に及んで、まだ状況が理解できてない、なんて言いませんよね？」

「……えっ？」

呼びかけられて、ハッとしたように声を上げる海鳥。

間の抜けた声音である。

すると中年男性は、ただでさえ緩んでいた口元を、さらに気味悪く吊り上げて、

「そうですか、まだ分かっていませんか。これは流石に驚きですね。これだけの情報を開示されても尚、答えにたどり着けないとは……まあいいでしょう。分からないというのなら、俺の方から答えを教えればいいだけの話です」

彼はにこやかに言いつつ、おもむろに、海鳥に向けて一歩を踏み出していた。

そして、そのままゆっくりと、彼女の傍に近づいてこようとする。

――しかし。

「それ以上近づかないでください」

そんな男から、海鳥を庇うように、でたらめちゃんは一歩を踏み出し返していた。

　彼女はいつになく険しい目つきで、男を睨み付けている。

「そこから一歩でも先に進んだら、容赦しませんよ？」

「……でたらめちゃん？」

　その剣呑な物言いに、困惑した様子で、でたらめちゃんの横顔を見つめる海鳥。一方のでたらめちゃんは、やはり真剣な表情のまま、海鳥の方を振り向いて、「……いいですか海鳥さん？　あなたが夏祭りの日に、その男から一体どんな話を聞かされたのか分かりませんが、それらは全て忘れてください。どうせ、なにもかも出鱈目なので」

「……え？」

「全てほらです。全てペテンです。全て嘘です。この男の語る言葉の中に真実が含まれていることなんて、滅多にありません」

　でたらめちゃんは、怒りを押し殺したような口調で言うのだった。

「何故なら、この男は……！　いいえ、この男こそ……！」

「待ってくださいでたらめちゃん。流石にそこから先は、俺に言わせてくださいよ」

　対照的に、爽やかな口調で、男はでたらめちゃんの言葉を遮る。

　彼は自らの服の懐に、その細い腕を突っ込んでいた。

　ややあって取り出されたのは、ある物体。

　泥色に塗られた、男性用の帽子。

「ねえ、海鳥さん。流石のあなたも、この姿を見せれば、俺の正体が理解できるでしょう？」

男は言いながら、取り出した帽子を、自らの頭に被ってみせる。

「……………え？」

「ふふっ。はじめまして、海鳥東月さん」

男はやはり、にやり、と微笑んで、

「俺は端的に言えば、あなたたちが『泥帽子』と呼ぶ存在です。要するに、あなたたちの宿敵ですね。あらためて以後、お見知りおきを」

◇◇◇◇

「……………どろぼうし？」

海鳥は、自分が何を言われたのか、すぐには理解出来なかった。

ただでさえ混乱状態だった思考が、完全にフリーズしてしまう。

たった今、聞き取ったばかりの言葉の咀嚼が、上手く出来ない。

口を半開きにしたまま、目の前の男を、ただただ見つめる。

「……………」

が、その困惑も五秒、十秒と続けば、流石に思考の方も追い付き始めてくる。

彼女の視線は、男の微笑みから、男の頭の上へと移動していた。泥色に染められた、やや風変わりな帽子。彼女はかつてこんな帽子が売られているのを見たことはないが――しかし、見たことがないというだけで、知ってはいる。

何故なら、そんな色の帽子を被った男がどこかにいると、海鳥はこれまで、数えきれないほどに聞かされてきていたからだ。

「…………っ!?」

そこで、ようやくだった。

「…………え!? は!? どっ、どどど、泥帽子!?」

素っ頓狂な叫び声。

彼女の表情が、みるみる内に驚愕のそれに変わる。

無意識に肩を震わせながら、なにか信じられないようなものを見る目で、男を凝視する。

「ふふっ。ええ、そうです。俺こそ泥帽子です」

一方、海鳥の叫びを受けて、やはり男——泥帽子は、にこやかに言葉を返していた。

「そういうわけで、夏祭りの日は本当にすみませんでしたね、海鳥さん。正体を偽るような真似をしてしまって。俺もなりゆき上、ああいう風に名乗るしかなかったんですよ。どうか許してください」

「…………」

「ああ、そうそう。夏祭りと言えば——」

と、そこで泥帽子は、何かを思い出したという風に手を叩いて、

「あの後、奈良芳乃さんとは、無事に仲直りできたんですか?」

「…………え？」

「あなたに再会したら、それだけ訊こうと思っていたんですよ。ずっと気がかりだったので」

泥帽子はニコニコと笑って言う。

「なにせ、滅多にあることではありませんからね。俺が心からの、１００％の善意のアドバイスを他人に施すことなんて……まあそんな風に言っても、でたらめちゃんから色々と聞かされているだろうあなたには、まず信じてもらえないと思いますけど」

言いながら彼は、海鳥の方に向けて、ゆっくりと一歩を踏み出してくる。

「で、どうだったんです？　流石に仲直りは出来ましたよね？　であれば、具体的にどういう風に仲直りをしたのか、事の顚末を詳しく聞かせていただきたいのですが」

「――ちょっと待ちなさい、泥帽子」

と、そんな泥帽子に対して、海鳥に代わって言葉を返していたのは、でたらめちゃんだった。

彼女は、やはり海鳥を庇うような位置に立ちながら、険しい顔つきで、泥帽子を睨みつけている。

「それ以上、海鳥さんに近寄らないでくださいと言った筈です」

刺々しい声音で、彼女は言う。

「三度目の警告はありません。次、また同じ真似をしたら、私も即座に実力行使に移らせてもらいます。いいですね？」

「……ふふっ、なんですかでたらめちゃん。そんな怖い顔しないでくださいよ。ちょっとふざけただけじゃないですか」

そんな言葉を受けて、泥帽子はやれやれ、と肩を竦めながら、その足を止めていた。

「しかし、『実力行使に移らせてもらう』とは穏やかじゃないですね。一応忠告しておきますが、あまり妙な事は考えない方がいいですよ。見て分かる通り、今のあなたたちは、俺たち〈泥帽子の一派〉に完全に包囲されてしまっているんですからね」

「…………」

「…………えっ？」

と、尚も泥帽子を睨み返し続けるでたらめちゃんの真横で、海鳥はまたもハッとしたような声を上げる。

彼女は慌てた様子で、きょろきょろ、と周囲の景色を見回して、

「……え、ちょ、ちょっと待って！　まさか、ここに集まっている人たちって、みんな〈一派〉の――」

「……ええ、そういうことです、海鳥さん」

でたらめちゃんは、前を向いたままで言葉を返していた。

「彼女たちは、〈泥帽子の一派〉の〈嘘憑き〉たちですよ。それもただのメンバーというわけでもありません。全員、『中核メンバー』です」

「……！　ちゅ、『中核メンバー』？」

「清涼院綺羅々さんに、その嘘の守銭道化さん。枕詞ネムリさんに、その嘘の空論城さん。そして清涼院白薔薇さん……」

でたらめちゃんは言いながら、泥帽子の後ろに佇む、計五人の少女たちを睨みつける。

「〈一派〉の最高戦力たちが、どういうわけか、この公園に勢ぞろいというわけです。性質の悪い夢としか思えませんよ。どうやら現実のようですが」

「…………っ!?」

「――ちっ！　まったく、間抜け極まりない話だ」

と、そこで不機嫌そうに声を上げていたのは、でたらめちゃんの側に佇む敗だった。

彼女は腕組みをしたまま、自らの横合いに視線を移して、

「おいサラダ油。分かっているんだろうな？　この状況を招いたのは、完全にお前の失態だぞ」

「…………え？」

唐突に水を向けられて、サラ子は驚いたように敗の方を振り向いていた。

「……は、はあ？　急になんだい敗ちゃん？　あたしの失態だって？」

「分からんのか？　お前がお得意の広範囲テレパシーで、常に周囲の警戒を怠っていなければ、こんな窮地は避けられただろうという話だ」

鼻を鳴らして敗は言う。「私はこれまでも、散々進言してきた筈だがな。サラダ油の索

敵能力を、もっと有効活用すべきだと……しかしお前らは、まるで聞く耳を持たなかった。その結果がこのザマだ」

「……え、ええ？　いや、そんなこと言われてもね」

サラ子は困ったように息を漏らして、

「常に町中をテレパシーで見張り続けるだなんて、出来る筈ないじゃないか。能力的には不可能ってわけじゃないけど、そんなの完全に、プライバシーの侵害だし……」

「くだらん！　何がプライバシーの侵害だ！」

サラ子の返答を受けて、敗は信じられない、という風に声を荒らげていた。「今さらどの口がそんなことを言うのだ！　一年間も他人の生活をのぞき見していた女の台詞とは、とても思えんぞ！」

だだっ広い広場に響く敗の怒号。対してサラ子は、「う、うう……そんな怒鳴らないでおくれよう……！」などと言いつつ、しょんぼりと項垂れてしまう。

「…………」

そして、そんな二人の会話を聞きながらも、海鳥はやはり放心した様子で、ごくり、と生唾を飲み込んでいた。

（……ちょ、ちょっと待って、嘘でしょ？　カウンセラーさんが、泥帽子？）

一度頭で理解した後でも尚、簡単には受け入れることが出来ない事実だった。少なくとも夏祭りのあの日、彼女はそんな可能性を一ミリも想像していなかった。見ず知らずの自分に、親身になって相談に乗ってくれた、優しいおじさん。それが実は自分の宿敵だったと後から聞かされて、すぐに処理できる筈もない。

……とはいえ、どれだけ受け入れがたい事実だろうと、目の前で本人がそう名乗った以上、受け入れないわけにもいかないのだが。

「ははは、随分とおかんむりのご様子ですね、敗さんは」

対する当の泥帽子は、上機嫌な様子で、敗たちのやり取りを眺めている。「でも別に、そこまで警戒する必要はないですよ。少なくとも、そちらが大人しくしている限りにおいては、俺たちも手荒な真似をするつもりはありませんから。

別に俺たち、あなたたちに喧嘩を売りに来たわけじゃないですからね。ちょっとした用事を果たしに来たというだけで」

「……ちょっとした用事？」

泥帽子の呟きに反応するでたらめちゃん。

「なんですかそれ？　私たちに、一体何の用があると？」

「ふふっ。気になりますか？　でたらめちゃん」

泥帽子は楽し気に尋ね返す。

「さて、どうでしょうね。たとえば、久しぶりにあなたの顔を見たくなったから……なんて言ったら、どうします？」

「……ふざけないでください」

「何もふざけてなんかいませんよ。あなたに会いたいと思っていたのは本心ですから」

「……はあ？」

「どうしても一度、でたらめちゃんのことは褒めてあげたかったんですよ。まさかあなたが、俺たちを裏切って、ここまでやれるとは思ってもみなかったので」

肩を竦める泥帽子。

「本当に、この半年間のあなたには驚かされてばかりです。俺たち〈泥帽子の一派〉を敵に回すだなんて、そんな無謀をやらかしたときには、気でも触れてしまったのかと俺は心配したものでしたが。どっこいあなたは、半年経った今でも尚、見事にその命を繋いだままでいる。あなたの命を狙って襲撃をかけた、敗さんさえも退けてね」

「…………」

「正直、あなたが敗さんと戦って生き残るだなんて、この場にいる皆さんは、誰も想像すらしていなかったでしょう。素晴らしい手腕です。いえ、『発想』と言うべきでしょうか」

と、言いながら彼は、不意にその視線を、でたらめちゃんの隣の海鳥の方に移して、

「本当に、よくそんな面白いところに目をつけたものですよ。『嘘を吐けない協力者』とはね」

「……泥帽子」

あくまで穏やかに語り続ける泥帽子に対して、でたらめちゃんは、張り詰めたままの表情で言う。「始末しに来たんですか？　とうとう、私を」

「……はあ？　始末？」

泥帽子は、微笑みながらも首を傾げて、

「俺があなたを？　なんのために？」

「…………」

「いやいや、やめてくださいよでたらめちゃん。俺があなたに、そんな酷いことをするわけないじゃないですか。いくら袂を分かったとはいえ、元々は仲間でしょう、俺たちは」

「……仲間ですって？」

でたらめちゃんは、ぎりっ、と自らの唇を噛み締めて、

「どの口がそんなことを？　敗さんが私を殺そうとするのを、止めようとしなかった癖に」

「ははは っ。確かに、それを言われてしまうと辛いですね」

泥帽子は苦笑いを浮かべて答える。

「でもでたらめちゃん、誤解しないでくださいよ。あの件は俺にとっても、まさしく苦渋の決断というやつだったんです。

俺はでたらめちゃんのことが好きなのと同じくらい、敗さんや、疾川さんのことも大好きでしたからね。その敗さんが『どうしてもでたらめちゃんを殺したい』と言っているのに、気持ちを踏みにじるわけにはいかないでしょう？　もちろんあなたのことは気の毒に思いましたが、どうすることも出来なかったんです。俺は仲間内で、差別をしたりしないので」

「…………」

「……なんて、そんなことを言われても、あなたは納得なんて出来ないでしょうけど」

泥帽子はそこで、こほん、と咳払いを一つ入れて、

「まあ、挨拶はこれくらいにして、そろそろ本題に入りましょうか。いいですかでたらめちゃん？　何度も言うように、俺たちは今日あなたに喧嘩を売りにきたわけでも、あなたを殺しにきたわけでもありません。ただ、事前に『告知』しておきたかったんですよ」

「……『告知』？」

怪訝そうに尋ね返すでたらめちゃん。

そんな彼女に向けて、泥帽子は怪しく微笑むのだった。

「ええ、でたらめちゃん。俺たちはこれから、この神戸の町で、ちょっとしたお祭りを開くんです。お祭りの名前は、〈泥帽子カップ〉って言うんですけど」

4　でたらめちゃんについて④

「………泥帽子カップ？」

若干の沈黙の後、でたらめちゃんは、困惑したような声を漏らしていた。

「なんですかそれ？　泥帽子のカップ？」

「……ふふっ。まあ、普通はそういう反応になりますよね」

対して、泥帽子は愉快そうに笑う。

「後ろの清涼院（せいりょういん）さんたちに初めて説明したときも、同じような反応をされましたよ。なにせこれは、俺がずっと胸の中で温め続けていた計画ですから。ただ名前を聞かされただけで、内容の想像なんてつかなくて当たり前です」

「………？」

「いいですか、でたらめちゃん。泥帽子カップというのは――」

泥帽子は言いながら、軽く息を吸い込んで、

「――一言で言うなら、俺の『夢』です」

「……『夢』？」

「ええ、そうです。ずっと夢だったんですよ、そんな愉快なお祭りを開催するのが。十年以上も昔からね」

心から嬉しそうに、泥帽子は言う。「それこそ、〈泥帽子の一派〉なんてものを立ち上げた、当初からの悲願と言えるかもしれません」

「……本当に何を言っているんです、あなた？」

でたらめちゃんは、ぎろり、と泥帽子を睨み付けて、

「まったく話が見えません。ちゃんと分かるように説明してください」

「ははっ、そう慌てないでくださいよでたらめちゃん。こっちにも順序というものがあるんです」

からかうような口調で、泥帽子は言葉を返してくる。「とはいえ、そこまで勿体ぶるような話でもないのですけどね。『お祭り』などと言っても、具体的な内容は結局、いつものそれと大差ありませんから」

「……いつものそれ？」

「『他人の背中を押すこと』ですよ。決まっているでしょう？」

泥帽子は穏やかに言うのだった。「この俺、泥帽子のやることと言えば、それ以外にはありません。俺は他人の背中を押すことが、とにかく大好きな人間なので」

「…………」

「俺はただ『面白そう』という理由だけで、誰かの背中を押し、その人の人生を滅茶苦茶にすることを生きがいにする催眠術師です。持って生まれた才能で、これまで数えきれないほどの人々を、不幸のどん底へと叩き落としてきました。でたらめちゃん、あなたもよ

く知っているようにね」

　泥帽子は肩を竦めて、

「――ええ、何も否定はしませんとも。全て事実ですし、確かに俺は極悪人です。特に〈泥帽子の一派〉を立ち上げてからは、社会に迷惑ばかりかけてきました。催眠術の才能を使って、お金儲けをしたかったからではありません。単純に、俺がそうしたかったからです」

「………」

「もちろん、時には夏祭りの日のように、気まぐれに善行を働くこともありますけどね。それにしたって、基本は『背中を押しただけ』です。海鳥さんを焚きつけて、仲直りするように仕向けて、その結果を見たいがためにやっただけのこと。結果そうなったというだけであって、特に良いことをしようだなんて意識は、あのときの俺の中にはありませんでした。――というより、別にどっちでもいいというのが本当かもしれませんね。俺が背中を押したせいで、その人が幸福になろうが、不幸になろうが」

「…………」

「俺はとにかく、『結果』を見たいだけなんです。どうでもいいではなく、どっちでもいいというのがミソですね。どちらにせよ面白ければ、俺はそれだけで満足なので」

「……………」

　でたらめちゃんは、険しい顔で泥帽子を睨み続けている。「……よくもまあ、そんな手前勝手な理屈をペラペラと語れるものですね。開き直りですか？」

「どう受け取ってもらっても構いません。俺はただ、自分の人生の生きがいについて語っているだけです」

泥帽子は微笑んだままで答えていた。「そして、そんな俺の生きがいの集大成こそ、〈泥帽子の一派〉いうわけです。俺にとって、〈一派〉より大切なものはありません。それこそ、自分の命より優先できると断言してもいいくらいに」

「……ええ、それもよく知っていますよ。〈泥帽子の一派〉のメンバーは、あなたにとって、何より大事な仲間だそうですからね」

「もちろんです。さっきも言いましたし、これまで何度も言ってきたことですね。一応断っておきますが、これは嘘ではありませんよ？」

「…………」

「〈嘘憑き〉ほど、背中の押し甲斐のある人間たちはいませんよ。彼女たちはとにかくやることなすこと、思いつくこと、なにもかもが滅茶苦茶ですからね」

泥帽子はしみじみと息を吐いて、

「普通の人間の背中を押しただけでは、とても見られないようなファンタスティックな景色を〈嘘憑き〉たちは見せてくれます。俺にとっては無二の仲間であり、友人であり、まさしく家族といってもいい存在です。まあ、向こうもそう思っているかは分かりませんが」

「…………」

「……しかしね、でたらめちゃん。そんな選りすぐりの〈嘘憑き〉たちを集めた〈泥帽子の一派〉も、いいことばかりかと言えば、実はそんなこともないんです」

泥帽子は、ふるふる、と首を左右に振って、

「なにせ、背中を押しすぎることが出来ないので」

「……はあ?」

「まったく、痛し痒し(かゆ)というのは、まさにこういうことを言うのでしょうね。この上なく魅力的な〈嘘憑き〉を、集めすぎてしまったが故の弊害ですよ。誰か一人を『特別扱い』することが出来ないんです。俺にとって〈一派〉の〈嘘憑き〉たちは、みんなかけがえのない家族なので」

「………?」

「考えてもみてください。もしもメンバーの誰か一人が、『世界を滅亡させたい』なんて言い出したらどうします? 俺はそのメンバーの背中を、押してあげるべきなのでしょうか? 押さないべきなのでしょうか?

それはもちろん、俺個人の感情としては全力で押してあげたいですけど……物事がそう単純ではないのは、その人以外のメンバーは、世界の滅亡なんて望んでいないということです。誰か一人の利益を優先しすぎることは、嘘の世界においては、他の全員の不利益に直結してしまいます。好き勝手に背中を押すわけにはいかないのです」

泥帽子は苦笑いを浮かべて言う。

「だから俺は、〈嘘憑き〉たちの背中を押すことを楽しみながらも、常に背中を押しすぎ

ないように気をつける必要があるんですよ。とても矛盾したことを言うようですが、これが現実なのです。特にこの場に集まった『中核メンバー』たちのような、尖った嘘の内容の持ち主に対してはね。

そもそも無理があるんですよね。自分以外をどうでもいいと思っている〈嘘憑き〉たちを一つにまとめて、互助会を作ろうなんていう時点で。彼女たちは、社会性がないからこそ、『社会悪』たり得るのですから」

「……なるほど」

そこまで聴き終えたところで、でたらめちゃんは真顔のまま頷き返していた。

「なんとなく言いたいことは分かりました。確かにあなたの言う通りかもしれませんね。特に、そもそも〈嘘憑き〉を一つにまとめることに無理があるという意見には、すこぶる同意できますが……。

……で？　その話が、〈泥帽子カップ〉とやらと、結局どう繋がるっていうんですか？」

「……ふふっ。ですから、急かさないでくださいってば、でたらめちゃん」

でたらめちゃんの苛立ったような促しに、泥帽子は深く息を吐いて、

「まあ、この辺りで結論を言ってしまうとね。俺はぼちぼち、それをやめてしまおうと思っているんですよ」

「……やめる？」

「ええ。そんな風にバランスを考えて、〈嘘憑き〉の背中を押す力を加減することを、一、

切やめにするんです」

「…………は!?」

「いよいよ我慢の限界なんです。何も考えず、思い切り背中を押したいという自分の気持ちに蓋をし続けることは、俺にとって堪え難いほどの苦痛でした。だからずっと待っていたんです。バランスなんて考えなくてよくなる瞬間を——命よりも大切な〈泥帽子の一派〉を、他ならぬ自分自身の手で、ぶち壊してしまってもいいと思えるような瞬間を」

「……自分自身の手で、ぶち壊す?」

「つまり、選ぶんですよ。メンバーの中から、『特別扱い』する一人をね」

泥帽子は、にやりと笑って、

「俺は今回、〈泥帽子の一派〉の中から、ただ一人の〈嘘憑き〉を選抜することを決めました。選考に参加する権利があるのは、現時点での『中核メンバー』——つまりこの場に集まった、清涼院(せいりょういん)さんや枕詞(まくらことば)さんなどです。

そして選考を経て、最終的に選ばれた一人の〈嘘憑き〉の背中を、俺は徹底的に押します。それはもう際限なく、行けるところまでね」

「…………!」

「当然そんなことをすれば、この世界は、その〈嘘憑き〉の嘘によって滅茶苦茶(めちゃくちゃ)になります。この社会で普通に暮らす人間たちも、あなたたちも、敗北した他の『中核メンバー』も、もちろん俺でさえ、タダでは済まないでしょう。が、そんなもの知ったことではありません。ただ一つの圧倒的な面白さのためなら、それもまた必要な犠牲なのです。

そして、その『特別扱い』される一人を選び抜く大会を、俺は〈泥帽子カップ〉と名付けました。ふふっ、どうです？　適当に考えたにしては、中々にうってつけのネーミングだとは思いませんか？」

「……『中核メンバー』の中から、誰か一人を選ぶ、だと？」

泥帽子の発言に、真っ先に声を上げていたのは、でたらめちゃんではなく、敗だった。

「おい泥帽子、なんだそれは？　私はそんな話、初耳だぞ？」

「ええ。それは当然ですよ、敗さん」

敗の問いかけに、微笑みつつ答える泥帽子。

「〈泥帽子カップ〉を開催することを決めたのは、つい最近も最近です。四月の時点で〈一派〉を抜けてしまったあなたには、知る由もないことですよ。まあさっきも言ったように、アイディア自体は、ずっと前から温め続けていたんですけど」

「…………」

「我ながら、面白い発想だと思うんですよね」

泥帽子は、恍惚としたような口調で言う。「清涼院綺羅々さん。枕詞ネムリさん。清涼院白薔薇さん。そして、今日は生憎と都合が合わず、この場に集合することが叶わなかった、残り何人かの『中核メンバー』たち。そんな超一級の〈嘘憑き(うそつき)〉たちが、たった一枠の『特別扱い』の座を巡って、覇を競い合うわけです。想像するだけで夢見心地ですよ。

　それこそ敗さん――あなたのかつての御主人さま、疾川(はやかわ)いたみさんにも参加していただけていたら、言うことはなかったんですけどね。こんなことなら、もう半年早く開催を決めてしまうべきでしたよ。今さら言っても仕方のないことですけど」

「…………ふん」

　気の毒そうな泥帽子の語り掛けに対して、敗はつまらなそうに鼻を鳴らして、

「くだらん。今さらそんなことを言われたところで、私にはどうすることもできんし、どうも思わんが……しかし『覇を競わせる』とは具体的にどういう意味だ？」

と、怪訝(けげん)そうに尋ねていた。

「要するに、争わせるということか？　『中核メンバー』同士を、お前の目の前で」

「ええ、そういうことです」

　泥帽子は即答する。「戦争(それ)以外に、全員が納得できる決め方なんてある筈(はず)ないですからね。お互いに潰し合って、最後に勝ち残ったたった一人の〈嘘憑き〉のみが全てを得る。この上なくシンプルでしょう？」

「……確かに、公平なルールではあるな」

　敗は頷(うなず)いて、「仮に私が参加していたとしても、それで納得していただろう。少なくとも、お前の主観で勝手に勝者を選ばれるよりは、よほどマシだ……で？　その戦争とやら

は、一体どこで開催される予定なのだ？」

「ははっ。何を言っているんですか敗さん。そんなの訊くまでもないでしょう？」

泥帽子は言いながら、ばっ、と両腕を広げるようにして、

「戦場は、この神戸の町、全域ですよ」

「……なに？」

「ここでお祭りを開くと、俺は最初に言った筈です。俺はこの町を戦場に選んだんです。正直、ある程度の大きさの町なら、別にどこでも良かったんですけど……この神戸という町は、海も山もあれば、そこそこに栄えた市街地もあって、ロケーションとして面白いですからね。やはりお祭りと銘打つからには、雰囲気も重要なので」

と、そこで泥帽子は、不意に目を細めて、

「――後はまあ、個人的に好きな町でもありますしね。今日以外にも、何度か訪れた経験があるほどなので」

「……別に選定の理由はどうでもいいが。なるほど、この町でな」

敗は言いながら、泥帽子の後方に佇む、清涼院たちの方を睨み付けて、

「『中核メンバー』どもがそうして雁首を揃えている謎は、ようやく解けたな。要するにそいつらは、この神戸の町に引っ越してきたというわけか。〈泥帽子カップ〉とやらのために」

「そういうことです。本当に皆さんには申し訳ない気持ちでいっぱいですよ。特に清涼院さんと枕詞さんは、まだ学生の身分ということもあって、わざわざ転校までしていただき

ましたからね」

「……ふん。それは当然だろうな。ただ一人を『特別扱い』するなどと言われて、指を咥えてそれを眺めていられる〈嘘憑き〉など、この世にいるわけがない」

敗は吐き捨てるように呟いていた。「私もこんなザマでなければ、疾川の尻を蹴り上げてでも、必ず参加していた筈だ」

「――ちょ、ちょっと待ってください！」

と、そんなときだった。

二人の会話を遮るようにして、慌てたように、一人の少女が声を上げていた。

ずっと黙って話を聞いていた、海鳥東月である。

「ん？　どうしました、海鳥さん？」

久しぶりの発言に、やや驚いた様子で、海鳥の方を振り向く泥帽子。

「なにか質問でも？」

「………っ！　え、ええと、その……！」

優しい口調で問いかけられて、海鳥は声を震わせる。「……あ、あの！　な、なんか今、もの凄く聞き捨てならないことが聞こえてきたような気がするんですけど……！」

「聞き捨てならないこと？」

「い、〈二派〉の『中核メンバー』に、この神戸の町で、『戦争』させるとか……！」

「ええ、言いましたね。それがなにか？」

「………いや、その」

海鳥は、ごくり、と生唾を飲み込んで、

「……そ、そんなことされたら、滅茶苦茶になっちゃいませんか、神戸の町？」

「ええ、なるでしょうね」

やはり間を置かず、淡々と答える泥帽子だった。「むしろならない理由がありません。参加するのは、そんじょそこらの〈嘘憑き〉ではなく、俺の自慢の『中核メンバー』たちなのですから。少なくとも、後ろの彼女たちが暴れまわるだけでも、被害は相当なものになるでしょう。こんな地方都市、一たまりもない筈です」

「………いや、一たまりもない筈ですって」

海鳥は唖然とした様子で、泥帽子を凝視していた。

「ま、町が滅茶苦茶になったら、住んでいる私たち、凄く困るんですけど？」

「ええ。それもそうでしょうね。そんな迷惑、俺の知ったことではありませんが」

「……え？」

「誤解しないでくださいよ、海鳥さん？　なにも俺だって、好き好んで罪のない人たちに迷惑をかけたいわけではないんです。出来ることなら、常に穏便な形で事を運びたいと思っています。これは偽らざる、俺の本音です」

「………」

「――ただ、この場合は誰かに迷惑をかけないことには、俺の夢はどうしたって叶わないわけですからね。これぱっかりは、もう割り切る他ありません。結局どこかの町には犠牲になってもらわないといけないんです。申し訳ないですが、神戸市民の皆様には、涙を呑んでいただきます」

「…………!?」

まるで他人事のような泥帽子の言葉に、ぱちぱち、と目を瞬かせる海鳥。

「……？　い、いやだから、なんであなたのために私たちが涙を呑まないといけないのか、ぜんぜん意味が分からな――」

「海鳥さん。もうその辺にしておいた方がいいですよ」

が、そんな海鳥の言葉は、傍らの少女によって遮られていた。

「どうせその男に、何を言ったって無意味ですから」

「……でたらめちゃん」

海鳥は驚いたように、自らの横合いに視線を移す。

彼女の真横に佇むでたらめちゃんは、やはり険しい目つきで、泥帽子を睨み付けていた。

「……この男はね、海鳥さん。普通の人間とは、根本的な価値観が異なっているんですよ」

彼女は、敵意に満ちた口調で言う。

「どんな人間にも、自分の幸福を追求する権利は等しくあります。そして同時に、自分以外の人間の幸福追求を妨げることは許されません。少なくとも現代社会に生きる殆どの人間は、この決まりを守っています。

しかし、この男は例外です……この男にとっての幸福追求とは、即ち他人の幸福追求を妨げることなのです。他人の人権を侵害できないという時点で、自分の人権が侵害されているというのが、この男の考え方です。だから他人に迷惑をかけることにも、何の躊躇も覚えません」

でたらめちゃんは、そこで深く息を吐いて、

「いいですか？　こういう男のことを、『社会悪』というんですよ、海鳥さん。存在しているだけで、社会に害しか及ぼしません。だからこそ、私たちの手で駆除しなければいけないのです。取返しのつかない事態になる前にね」

「……ほう、『駆除』ですか。これはまた、随分な言いようですね、でたらめちゃん」

そんなでたらめちゃんの捲し立てを受けて、泥帽子はおかしそうに笑みを漏らす。

「かなりお怒りのご様子ですが。〈泥帽子カップ〉は、そんなにもあなたのお気に召しませんでしたか？」

「……召すわけないでしょう。分かり切っていることを、いちいち聞かないでください」

対して、あくまで冷ややかに言葉を返すでたらめちゃん。

「そんなものをお気に召すのは、お前と、お前のお仲間くらいのものですよ。それも言うに事欠いて、この神戸の町をわざわざ舞台に選ぶだなんて……お前はそんなにしてまで、私に喧嘩を売りたいんですか？」

「喧嘩を売る？　まさか、とんでもない」

心外だ、という風に、泥帽子は大げさに肩を竦めて、「そんなつもりは、俺には毛頭ありませんよ。むしろこうして事前に知らせに来たことが、その何よりの証明みたいなものでしょう？」

「……は？　どういう意味です？」

「簡単な話です。〈泥帽子カップ〉が終わるまで、あなたたちは、神戸の外に避難しておけばいい」

泥帽子は優し気な口調で言うのだった。「そうすれば、俺たちがどれだけ暴れようと、あなたたちは絶対に安全な筈です。それこそ海鳥さんのご実家の、姫路市あたりがちょうどいいんじゃないですか？　流石にそこまで被害が及ぶこともないでしょうし」

「…………」

「で、ほとぼりが冷めた後に、また神戸に帰ってくればいいんです。そのときこの町がどんな惨状になっているかは、ちょっと想像がつきませんが。少なくとも、あなたたちの身の安全だけは保障されます」

「…………」

「…………なんて、ね」

無言で自分を睨んでくるでたらめちゃんに、泥帽子は苦笑いを浮かべて、ため息を漏らしていた。「ええ、もちろん分かっていますよ。あなたが今の話を聞かされて、素直に逃げ出す筈もないということくらい。なにせでたらめちゃんは、そもそも俺たちのような

『社会悪』が許容できなくて、〈一派〉を抜けたわけなんですから」

「…………」

「……ただ、これは言うまでもないことでしょうが。もしも邪魔をするというなら、俺も一切の容赦はしませんよ？」

そこで泥帽子の表情から、微笑みが消える。

「〈泥帽子カップ〉は、俺にとっての悲願であり、〈泥帽子の一派〉にとっての悲願なのです。絶対に邪魔させるわけにはいきません。障害になりそうなものは、なにもかも徹底的に排除します。たとえそれが、あなたであったとしてもね、でたらめちゃん」

「…………白々しい」

でたらめちゃんは、苛立たし気に言葉を漏らしていた。「なにが『そんなつもりはない』ですか。私がどう答えるかなんて、最初から分かっていて、わざわざ宣戦布告なんてしに来たんでしょう？　お前は本当に性格の悪い男ですね、泥帽子」

「…………」

「……いいでしょう。そういうことなら私も、お前の期待通りの言葉を返してあげますよ」

真顔の泥帽子を睨んだまま、でたらめちゃんは大きく息を吸い込んで、

「望むところです。〈泥帽子カップ〉だかなんだか知りませんが、とにかくそんなふざけた祭りを、看過するわけにはいきません。容赦しないというのはこちらの台詞です。『中核メンバー』全員に、この機会に引導を渡して差し上げます。すべての〈実現〉嘘たちを、

根こそぎ私の胃袋の中に放り込んでやります」

「……勝てると思っているんですか？」

　真顔のままで、泥帽子は問いかける。

「〈泥帽子の一派〉の、『中核メンバー』すべてを相手に？　本気で？」

「ええ、思っていますよ」

　対して、でたらめちゃんは即答していた。

「私は本気も本気です。負ける気なんて、これっぽっちもしていません。『中核メンバー』が何人いようと、どれだけ束になってかかってこようと、同じことです。もちろん私一匹だけなら、ただ無惨に蹂躙されるだけでしょうが……」

　でたらめちゃんは言いながら、横合いの海鳥に視線を移して、

「こっちには、あなたもよくご存知の通り、虎の子がいますからね。海鳥東月さん――絶対に嘘を吐けないという、〈嘘殺し〉の天才が」

「…………」

「ですからあなたの喧嘩も、喜んで買ってあげますよ、泥帽子」

　でたらめちゃんは鼻を鳴らして言うのだった。

「全面戦争、ということです。お前の大事な大事な〈泥帽子の一派〉を、この冬でおしまいにしてやります。せいぜい覚悟することですね」

◇◇◇◇

「……なるほど、よく分かりました」

でたらめちゃんの言葉を受けて、泥帽子は、軽く頷き返していた。

「まあ、あなたならきっとそう答えてくれるだろうと思っていましたよ、でたらめちゃん」

「…………」

「正直、あなたと全面的に事を構えざるを得ない状況になったのは、とても残念ですが、致し方ありません。お互いに退けない以上は、もう雌雄を決する他に道はないですからね」

「…………」

「ただ、安心してください。さっきも言った通り、少なくとも今日に関しては、俺からあなたたちに何かするつもりはありませんから」

泥帽子はそこで、久しぶりに、相手を落ち着かせるような微笑みを浮かべて、「今日はあくまで、〈泥帽子カップ〉の告知をしに来ただけです。明日から俺たちは正真正銘の敵同士となるわけですが、今日この場においては、まだ違います。他ならぬ俺自身が、さっきそう宣言したわけですからね。流石の俺も、自分の言葉くらいには責任を持ちますよ」

「……はっ。どの口が」

でたらめちゃんは、吐き捨てるように呟いて、

「つまり、今日はもう家に帰ってもいいと？」

「ええ、もちろんです」

泥帽子はにこやかに頷く。「伝えたいことは、大体伝え終わりましたからね。ご自由にしていただいて構いませんよ」

「そうですか。ありがとうございます」

でたらめちゃんは気だるげな口調で答えてから、真顔のまま、今度は海鳥たちの方を振り向いて、「だ、そうです皆さん。今すぐ帰宅しましょう」

「…………え？」

そう唐突に呼びかけられて、呆然と声を発する海鳥。

「ちょっと、何ぼーっとしているんですか、海鳥さん」

そんな海鳥に、でたらめちゃんは呆れた様子で言葉を重ねてくるのだった。

「もうこれ以上、この場に留まる意味はありません。向こうが帰っていいと言っているんですから、その気が変わらない内に、さっさと退却すべきです。まあ、あの男から逃げたみたいになるのは、少しだけ癪に障りますけどね」

「…………あの男」

告げられた言葉に、海鳥はやはり心ここに在らずといった様子で、でたらめちゃんの背後へと視線を移していた。

視線を向ける先は、相変わらず嘘くさい微笑みを湛えた、泥色の帽子の男である。

「――ちょっと待ってください、でたらめちゃんさん」

と、そんなときだった。

一人の少女が、海鳥と全く同じ方向を睨みながら、不意に口を開いていた。

青い髪をおさげにした、中学一年生くらいの見た目の少女、土筆ヶ丘とがりである。

「勝手に話を進めないでください。私は反対ですよ」

「……え？」

でたらめちゃんは、驚いた様子でとがりを振り向く。

「とがりちゃん？　急にどうしたの？　反対って？」

「この状況で、なぜ退却なんてする必要があるのか、私にはさっぱり分かりません。普通に戦えばいいじゃないですか」

とがりは力強い口調で言うのだった。「ここまで、ずーっと黙ってあなたたちの話を聞いてきましたけど……要するにあそこに立っている男の人が、でたらめちゃんさんの宿敵、泥帽子さんなんですよね？

まあ、私はでたらめちゃんさん周りのエピソードについては毛ほどの興味もないので、話半分に聞いている程度だったんですけど。そんな宿敵が目の前にノコノコ現れてくれたっていうのに、あろうことか一切手出しせず帰宅しようとするなんて、意味不明ですよ。今この場であの人さえとっちめてしまえば、それで話は全部終わるんでしょう？」

とがりの瞳は、油断なく泥帽子の方を見据え続けている。

「流石にこの状況で泥帽子さん本体を狙うのは、現実的ではないかもしれませんが……その取り巻きである、清涼院綺羅々さんを含めた〈一派〉の『中核メンバー』さんたちについては、何人かこの場で削っておいた方がいいのでは？　せっかくああして、雁首揃えてくれているわけですし」

「……馬鹿が。戯言も大概にしろ、筆記用具」

が、そんなとがりの質問に答えていたのは、でたらめちゃんではなく、敗だった。

「今、こちらから仕掛けるのは、どう考えても得策ではない。あまりに多勢に無勢だ」

「……はあ？　なんですか敗さん？　らしくもなくビビッているんですか？」

「私は現実的な話をしているだけだ。よく考えてもみろ。『中核メンバー』クラスの〈嘘憑き〉が、一気に三人だぞ？」

敗は呆れたように息を吐いて、

「私たちは以前、清涼院一人を追い返すだけでも精一杯だったろうが。それが三倍に増えて、今の我々に処理し切れると思うのか？」

「…………し切れないんですか？　そんなの、やってみないと分からないのでは？」

「やらんでも分かるのだ。袋叩きにされて、全員消滅させられるのがオチだろう」

「…………」

「仮にこちらから勝負を仕掛けるとしたら、件の〈泥帽子カップ〉とやらが開かれた後以外にはないだろうな」

腕を組んだまま、敗は尚も続ける。「その決戦の火ぶたが切られた瞬間から、後ろの三人は〈泥帽子の一派〉の仲間ではなく、優勝の一枠を巡って争う敵同士になる。つまり我々からしても、各個撃破が可能になるということだ。どころか、〈一派〉のメンバー同士で勝手に潰し合う、などというパターンもあるやもしれん。こちらにしてみれば、都合の良いことずくめだな」

「お、おお！　なるほど～！」

そんな敗の言葉を受けて、ぱちぱち、と感心したように手を叩いていたのは、サラ子だった。「た、確かにその通りかもね！　流石は敗ちゃん、こういうときは頼りになる！」

「……ふん、くだらん。こんなことは、私の本意ではないのだがな」

「…………」

……そして、そんな少女たちの会話を他所に、海鳥は依然として上の空だった。

彼女は脳は未だ、今の状況を処理し切れていない。

（……か、カウンセラーさんが、実は泥帽子だった？　〈泥帽子カップ〉？　ほ、本当になんなのそれ？）

――くいっ、くいっ。

「…………え？」

と、そんなとき。不意にネコミミパーカーの袖を引っ張られて、海鳥は思考から意識を引き戻されていた。

そのまま、反射的に真横を振り向く。

袖を掴んでいたのは、金髪碧眼の少女。

「……清涼院さん？」

「ええ。お久しぶりね、海鳥さん」

いつの間にか海鳥の傍らに佇んでいた清涼院は、真剣な表情で、海鳥に語りかけてくる。

「ゴールデンウィーク以来だから、おおよそ四か月ぶりといったところかしら……それにしても、今日はまた随分と可愛らしいファッションなのね。最初に見たとき、ちょっとびっくりしましたわ」

「…………？」

そんな風に語り掛けられて、困惑した様子で、目を瞬かせるネコミミ海鳥。

「え、ええと……」

「……そう警戒しないで、海鳥さん。わたくし何も、あなたに喧嘩を売りにきたわけじゃないから」

対して清涼院は、尚も一方的に言葉を続けてくる。

それも、何やら周囲の耳を気にするような、囁き声である。

「……その、ね。正直、わたくしも困惑しているのよ。今回のことに関しては」

「……え？」

「わたくし、海鳥さんと争いたいだなんて、これっぽっちも思っていないの」

清涼院は小声で言いながら、おもむろに、海鳥の表情を覗き込むようにして、

「むしろ逆なの。わたくし、海鳥さんとは、友好的な関係を築きたいと思っていて――き

やっ!?」

が、彼女が言葉を続けられたのは、そこまでだった。

突然に後ろから伸びてきた手に、清涼院（せいりょういん）は腕を引っ張られ、バランスを崩していた。

そのまま無様に、広場に尻餅をついてしまう。

「いたっ!?」

続けざまに上がる悲鳴。清涼院は顔をしかめつつ、自分のお尻に手をやって、

「ちょっ、な、なに!?　なんなの!?」

「……………」

清涼院を転ばせたのは、また別の少女だった。

翠玉色（エメラルド）の髪をした少女だ。

海鳥（うみどり）と同じようなヘアスタイル。眠そうな目、そして口元。その手に握りしめられているのは、一台のスマートフォン。

「……………」

「……え？　な、なに？」

突如として現れた少女に、ただただ無言で見つめられ、ぎょっとしたような声を漏らす海鳥。

そんな海鳥を、少女はしばらくの間、何も言わずに眺め続けていたが、

「……………ねえ」

不意に、ゆっくりと口を開いていた。

「……あなた、嘘を吐けないって、それ本当？」

◇◇◇◇

「………!?」

信じられない、という風に、その目を見開く清涼院だった。

「……え!?　は!?　しゃ、喋った!?」

彼女はぱくぱく、と口を開きながら、後方の少女を凝視する。

「ま、枕詞さんが!?　嘘でしょ!?」

「………」

一方、視線を向けられている方の少女は、清涼院には一瞥もくれない。

彼女は、その眠そうな眼を、ただ海鳥にだけ向け続けている。

「……ねえ、答えて」

そして少女――枕詞ネムリは言葉を続けていた。

「……あなた、本当に嘘を吐けないの？」

「………え？」だが、そう問いかけられても、あまりに唐突すぎて、海鳥はすぐに答えることが出来ない。

「………ねえ、空論城ちゃん」

と、海鳥がいつまでも答えを返さないままでいると、枕詞はしびれを切らしたように、横合いを振り向いていた。

「……この人、本当に嘘吐けないと思う？」

「え？　いや〜どうなんすかね」

問いかけられて、困ったように自らの頭をかく、『くうちゃん』と呼ばれた黒スーツの女。

「その人のことは、ウチも今はじめて知ったんで、何とも言えないっすけど……ただ、一つだけ気になることはあるっす」

「……？　気になること？」

「その人、嘘の匂いがまったく漂ってこないんすよ」

「……嘘の匂いがしない？」

枕詞は真顔のまま、首だけを傾けて、

「……なにそれ？　そんなことあるの？」

「いや、だからウチもさっきから驚いてたんすよ。普通はあり得ないっすからね。ちょっとでも日常的に嘘を吐いていたら、匂いは絶対にしてくるもんなんで」

「……………………」

そんな黒スーツの女、空論城の説明に、枕詞はしばらく黙り込む。

無言で海鳥の方を見つめながら、なにやら考えこんでいる様子である。

が、ややあって、口を開いて、

「……ねえ、空論城ちゃん」

と、またも空論城の方を振り向いて、そう呼びかけていた。

「……お願いがあるんだけど、いい？」

「――？　お願い？　なにっすか？」

「………私、この子のこと、持って帰りたい」

「……持って帰りたい？」

空論城は怪訝そうに首を傾げて、

「持って帰りたいって、どこにっすか？　ウチらが今住んでる部屋にっすか？」

「……うん」

「なんで持って帰りたいんすか？　理由は？」

「…………」

「……えーと、まあ要するに、誘拐ってことっすよね？」

言いながら、ポリポリ、と頬を掻く空論城。「まあ、そういうことなら、とりあえず任せてもらって大丈夫っすよ。多分朝飯前なんで！」

「……本当？」

と、それまで完全な真顔だった枕詞の表情が、僅かに綻ぶ。

「……ありがとう、空論城ちゃん。いつもいつも、空論城ちゃんは、本当に頼りになる」

「いえいえ、なんのこれしきっす！　ウチはネム先生のマネージャーっすから！」

「…………⁇」

などと、そんな二人のやり取りを、呆然と眺めるのは、海鳥である。

「……は？　ゆ、誘拐？」

彼女は独りでに呟いていた。

「な、何の話……？　誰を……？」

「……ちょっと待ってください、枕詞さん」

そんな海鳥を庇うように、一人の少女が、前へと足を踏み出していた。

でたらめちゃんである。「本当に何を言っているんです、あなた。誰が誰を誘拐するですって？　めちゃくちゃ聞き捨てならないんですが」

「…………」

「冗談なのか何なのか知りませんが、滅多なことは言わないでください。あなたが言うと、本当に笑えないので」

「…………」

枕詞は、何も答えない。

先ほどまでと同じく、無言無反応に戻ってしまっていた。でたらめちゃんを、視界に入れてすらいない。

「ええ、本当にでたらめちゃんの言う通りよ、枕詞さん」

と、そんなときだった。

枕詞の背後で、清涼院綺羅々が声を上げていた。

「あなた、一体何を考えているのか分からないけど、とにかく変な真似はよしておきなさい。泥帽子さんの意向に逆らう気？」

「…………」

「泥帽子さんは、『あくまで今日は話をしにきただけ。危害は加えない』と言ったのよ。だというなら、わたくしたちはそれに従うべきよ。とりあえずこの場は我慢しなさい。どうしても彼女に用があるというなら、また別の機会に――」

「ああ、別に俺は構わないですよ」

「……え？」

が、出し抜けに発せられた言葉に、清涼院は驚いたように、泥帽子の方を振り向く。

「……は？　なんですって？」

「俺は構わない、と言ったんです。枕詞さんが、海鳥さんを誘拐したいというのなら、好きにしてください」

泥帽子は微笑んで言うのだった。

「それは俺としては、今日でたらめちゃんたちに手を出すつもりはありませんけれど、俺以外のメンバーの行動を制限することは出来ませんからね。枕詞さんがそうしたいというのなら、俺には止めようがありません」

「……なに言ってるの、泥帽子さん？」

清涼院は、信じられない、という目で、泥帽子を凝視する。

「あなた、流石にそんな無茶な理屈は通らな――」

「いいや、わしもその男と同意見じゃな」

が、そんな清涼院の言葉は、また別の人間の声によって遮られてしまった。

銀髪幼女、白薔薇である。

「ネムリ姫の好きにさせたらええ。綺羅々、お前は余計な口を出すな」

「……………はあ？」

清涼院は、弾かれたように白薔薇を振り向いて、

「おばあさま？　あなたまで、急に何を――」

「それはこっちの台詞じゃ、綺羅々。お前、どうしてその娘の肩を持とうとしておる？」

「……………え？」

「『え？』ではないわ。お前、その娘を使って、なにかいかがわしいことでも企んでおるのではないか？」

ニタニタと笑いながら、白薔薇は問いかけてくるのだった。

「わしに内緒で、なんぞ悪だくみでもしたかったのか、綺羅々？」

「…………っ！」

途端、痛いところを突かれた、という風に、黙り込んでしまう清涼院だった。

そして、そんな周囲の空気など我関せずという様子で、枕詞は、海鳥の腕を掴んで、

「……とにかく、そういうわけだから」

「……え？」

「……とりあえず、ついてきて」

「……っ!?　あっ、いや、えっと……！」

やはり慌てたような声を上げる海鳥。枕詞に強引に腕を引っ張られて、ふらふら、と足元も乱れてしまう。だが――

「――気安く東月ちゃんに触れるなっ！」

そんな少女の叫び声と共に、枕詞の手は、一瞬で払いのけられていた。

「私の見ている前で、私の東月ちゃんに、指一本触れるなっ！　言語道断とはこのことです！　百万年早いですよっ！」

叫び声の主は、とがりだった。

彼女は怒りの形相を浮かべて、枕詞の方を睨み付けている。

「言うに事欠いて、東月ちゃんを誘拐する、ですって!?　たとえ冗談だとしても極刑モノですよ！　人を舐めるのも大概にしてください！」

「…………なにあなた？」

そう耳元でキンキン声でがなり立てられて、やや戸惑った様子で、とがりの方に視線を移す枕詞。「……誰？　でたらめちゃんの友達？」

「……はあ？　誰が誰の友達ですって？」

　問いかけに、とがりは不愉快そうに舌を鳴らして、

「いいでしょう。ちゃんと名乗ってあげます——私の名前は土筆ヶ丘とがり。土の中から生まれた、根に持つタイプの、海鳥東月ちゃん専用の筆記用具です！」

「…………は？」

　告げられた言葉に、眠そうな顔のまま、首を傾げてみせる枕詞だった。

「……なんて言ったの？　筆記用具？」

「ええ、筆記用具です！　それはもう尖りまくりのね！　東月ちゃんに害を為す輩は、みんな刺しまくりです！」

　腕を組んで、尚も元気よくがなり立てていくとがり。「とにかくあなた、一体誰さんなのかよく分かりませんけど、東月ちゃんにちょっかいかけるつもりというなら、私も容赦しませんよ！　この間の清涼院さんと同じように、私のテレパシーで、その脳みその奥をつっついて——ふぎゃっ!?」

　が、彼女はその言葉を、最後まで言い切ることは出来なかった。

　その額に、デコピンをされていたからだ。

　突如として彼女の前に姿を現していた、黒スーツの女、空論城によって。

「いや、今のは流石に聞き捨てならないっすね～」

　ニコニコ、と溌剌に笑いながら、彼女は言う。

「刺しまくりとか、脳みそを突っつくとか。よく分かんないっすけど、とにかくネム先生

に危険が及びそうなら、ウチも黙ってられないんで。ウチ、一応それが仕事なんで」

「…………」

空論城の言葉に、もはやとがりが反応を示すことはない。

彼女は白目を剥いていた。

デコピンされた額からは、ふしゅ～、と湯気のようなものが立ち上っている。

そのままとがりは、糸の切れた人形のように、その場に崩れ落ちてしまう。

「と、とがりちゃん!?」

そんなとがりの姿を見て、ぎょっとしたように叫ぶのは、サラ子だった。

「ちょ、ちょっとあんた！　一体何を――ぎゃふっ！」

さらに、返す刀で空論城に抗議をしようとしたサラ子の額にも、同じようにデコピンが叩き込まれる。やはり同じような悲鳴と共に、彼女もその場にひっくり返ってしまう。広場の中央に、気絶した少女たちの身体が、二つ分転がる。

「…………え？　え？」

その、目にも留まらぬ出来事に、理解が追い付かないという様子で、目を瞬かせる海鳥。

一方の空論城は、やはり頭を掻きながら、苦笑いを浮かべて、

「いや、マジで申し訳ないっす！　こんな小さな女の子たちに暴力振るうとか、ウチの主義じゃないんすけど！　なんかウチの本能的に、この二人は放置しとくとだいぶヤバそうだったんで、早めに処理させてもらったっす！　言っても気絶させただけなんで、大事に

は至ってないと思うんすけど……」

　と、空論城はそこまで言ったところで、

「――おっとっと！」

　出し抜けに背後から放たれていた回し蹴りを、間一髪で受け止めていた。

「ちょっと、なんなんすか、敗さん？　不意打ちなんて卑怯じゃないっすか～」

「……………ちっ！」

　自身の蹴りを防がれて、忌々しそうに舌を鳴らす敗。彼女はそのまま、地面に転がったとがりとサラ子の二人に視線を移して、

「……くそっ。どうやら二人とも、完全に脳震盪を起こしているらしいな」

　と、やはり苛立たし気に続けていた。「まったく使えん奴らだ！　思念の存在だったときは、二人ともほぼ無敵だったというのに……！　なまじ生身など獲得するから、こんなことになるのだ……！」

「あははっ！　相変わらず元気良いっすね、敗さんは～！」

　そんな敗を、空論城はどこか楽しそうに眺めていたが、

「ただ、すみません。久々に敗さんと遊びたいって気持ちは山々なんすけど……今はあくまで、ネム先生の命令が最優先なんで」

　と、それだけ言い放つと、掴んでいた敗の脚を離していた。

　そして間髪入れずに、すぐ近くで突っ立っていた海鳥の身体を、自分の腕の中へと抱き

寄せてしまう。

「……えっ？」

抱き寄せられて、そこで初めてハッとしたような声を上げる海鳥。

「えっ？　えっ？　えっ？」

「頼むから大人しくしておいてくださいっすよ～。ウチ、女の子に暴力振るうのとか、マジで好きじゃないんで」

身体を密着させた状態で、空論城は海鳥に朗らかに話しかける。さらに、いつの間にか彼女の逆側の腕の中には、既に枕詞ネムリの身体がすっぽり収まっていた。「………」

――そして空論城は、二人の少女を抱えたまま、その場で飛翔していた。

跳躍、ではなく、飛翔である。

地面を思い切り蹴り上げ、凄まじい速度で、上方へと飛び上がってしまう。高さにして、5メートルほどは飛んだだろうか。言うまでもなく、人間の跳躍力ではあり得ない。

「う、海鳥さんっ!?」

そこでようやく、でたらめちゃんの悲鳴が上がる。彼女の頭上で、空論城は、公園の街灯の上にすとん、と降り立っていた。

「あははははっ！　それじゃあ皆さん、今日のところはおさらばっす！」

空論城は笑いながら、足元のでたらめちゃんたちに、ひらひらと手を振り――二人を抱えたまま、再び街灯を蹴りつけ、また別の街灯へと飛び移っていた。さながらバッタのような挙動である。

ぴょんっ、ぴょんっ、ぴょんっ！

そのまま空論城は、街灯を次々と移動し、公園の敷地の外へと飛び出していく。

すぐに背中が見えなくなる。

「い、いやあああああ!?」

去り際に響いていたのは、そんな海鳥の絶叫だけだった。

……。……。

「………う、嘘でしょ？」

その場に残され、呆然としたように呟くでたらめちゃんだった。彼女は信じられないという表情で、空論城たちの飛び去っていった方を見つめている。

「ちっ！　おい、どうするんだネコ？」

そんなでたらめちゃんに、不機嫌そうに問いかける敗。

「お前の命綱が、まんまと奪い去られてしまったわけだが!?」

「………！」

でたらめちゃんは、そこでようやく我に返った様子で、敗を見返していた。

「……っ！　と、当然追いかけますとも！　決まっているでしょう！」

彼女は慌てたように叫んで、

「すぐにとがりちゃんとサラ子さんを回収して、追跡しますよ、敗さん！」

——その少し後。

海鳥(うみどり)たちがやり取りを繰り広げていた、公園の広場から遠く離れた、あるコンビニの店内にて。

「あれ？　なにこのコンビニ？」

漫画雑誌コーナーの前で、私服姿の奈良芳乃(ならよしの)は、そんな独り言を漏らしていた。

「置いてある漫画雑誌、全部にテープが貼られちゃってる！　嘘(うそ)でしょ？」

彼女は無表情で、心から悲しそうに言いつつ、陳列されている漫画雑誌の一冊を手に取って、

「せっかく息抜きに、漫画でも読もうと思ったのに！　これじゃあ立ち読みできないじゃん！」

と、やはり不満そうに続けていた。「最悪だよ……まあ立ち読み自体、本来いけないことだから、店側にそう言われたら、是非もないんだけど……」

彼女は尚(なお)もぶつぶつと呟(つぶや)きつつ、その雑誌を手に持ったまま、レジの方へと歩いていく。

どうやら立ち読みは潔く諦め、ちゃんと買って読むことに決めたらしい。

（………ねえ、芳乃？）

と、そんなとき。

彼女の身体の中から、なにやら不安そうな、少女の声が響いてくる。

（……その、なんていうか、大丈夫なの？）

「……はあ？　なにさ羨望桜。突然喋りかけてきて」

足を止めて、奈良は無表情で、戸惑ったように言葉を返す。「私の独り言がうるさいって？　別に問題ないでしょ。今、店内には他にお客さんいないし。店員さんもレジ裏で作業中で、私の声なんて聞こえていないだろうから」

（…………いや、そういうことじゃなくて）

「……？」

（……漫画なんて買って、大丈夫なの？　この後、受験勉強しないといけないのに）

奈良の体内の羨望桜は、おずおずと問いかけてくる。

（だって芳乃、さっき言ってたわよね？　コンビニに寄ったのはただの休憩であって、この後家に帰ったら、ちゃんと集中して勉強始めるって）

「…………」

（そもそも、今日は朝から図書館で勉強するって決めてたのに、いまいち集中できなかったから、いったん家に帰ることにしたんでしょ？　今漫画なんて買っちゃったら、また同じことの繰り返しになるだけなんじゃないの？　芳乃、ただでさえ一回休憩入ると、中々戻ってこられないのに……）

「…………」

（……ええと、勘違いしないでね？　別に私は、芳乃に受験勉強してほしいわけじゃないのよ？　大学入試なんて、私に言わせればくだらないイベントだもの。そんじょそこらの凡人が考えたような試験で、芳乃の人間としての凄さを測れる筈ないんだから。ただ私、その他ならぬ芳乃からお願いされちゃってるから。『自分が誘惑に負けそうになったら、ちゃんと注意してくれ』って。『そうしないと、海鳥と同じ大学になんて、とてもじゃないけど行けっこないから』って）

「……あああああっ！」

と、そこまで言われたところで、奈良は絶叫していた。

無表情のまま、小学生のように、その場で地団駄を踏んでいた。

（――っ!?　よ、芳乃!?　どうしたの!?）

「うるさいっ！　うるさいうるさいうるさいっ！　ママみたいなこと言いやがって！」

奈良はぎゃーぎゃーと喚きながら、自らの身体を睨み付けて、

「悪かったね！　一回休憩入ったら、三時間は勉強に復帰できない意志よわよわ人間で！キミにいちいち言われなくても、分かってるんだよ、そんなことは！」

そう、完全に逆ギレにしか聞こえない叫びとともに、漫画雑誌を棚に戻していた。

「ほらっ！　これで満足かい、羨望桜!?」

（……う、うう～）

羨望桜は、泣きそうな声を返してくる。

（そ、そんな風に怒鳴らないでよ、芳乃……！　あなたが自分で注意してくれって頼んできたんでしょ!?　こ、これじゃ無茶苦茶だわ……！）

「……ふん。そう言われてもね。こっちだっていっぱいいっぱいなのさ、羨望桜」

　奈良は悪びれもせずに答える。

「だって海鳥、この前ちょっと訊いたら、なんか普通にやベー偏差値の大学に行こうとしてるみたいだからね。まったく勘弁してほしいよ。来年強いられるであろう猛勉強のことを考えたら、今からぞっとしてくる」

　そして彼女は、そこでおもむろに、店内のガラスに映る自分の顔に視線を移して、

「……まあ、そうは言っても、頑張るしかないんだけどさ。あの子と一緒の大学に行くことは、もう私の中で決定事項だし。あの子が変なサークルとかに勧誘されないように、傍で守ってあげられるのは、私しかいないんだから」

……などと、さらなる独り言を呟いた、その瞬間だった。

――ぱしっ。

と、奈良のだらんと垂れ下がった腕が、後方から、何者かに掴まれていた。

「…………え？」

　驚いて振り向く奈良。

「はあっ、はあっ、はあっ、はあっ……！」

　視線の先には、一人の少女が佇んでいた。

汗だくで、これでもかと息を切らした、18歳くらいの少女だ。

金髪、そして碧眼の、お嬢様である。

「……あ、あなた、奈良芳乃さんで、間違いないわね？」

「……は？」

お嬢様にいきなり問いかけられ、奈良は無表情で、当惑の声を漏らす。「……え？　あの、どちら様ですか？」

「……なるほど。事前情報通りとはいえ、実際に目にしてみると、度肝を抜かれるわね」

尚も息を切らしながらも、そこでようやく金髪お嬢様は、姿勢を正して、『世界一の美少女』、ねえ。確かにそう言われるのも納得の美貌だわ。あの人が注目するのも、無理ないかも」

「……ちょっと待ってください。本当になんなんです、あなた？」

奈良は無表情で、露骨に不審がるような口調で問いかけていた。

「初対面ですよね？　なんで私の名前を知って――」

「ごめんなさい奈良さん。悪いけど、あんまり悠長に話していられる暇はないの」

しかしそんな奈良の問いかけを、金髪お嬢様はぴしゃりと遮って、

「とりあえず、コンビニの前にタクシーを停めてあるから、一緒に乗ってもらえる？　詳しい説明は、タクシーの車内でさせてもらうから」

「……は？　タクシー？」

「ええ、タクシーよ。これからわたくしたちは、誘拐された海鳥さんを、急いで助けに向かわないといけないんだから」

「…………は？」

と、そこで奈良の声色が変わる。

「……待ってよ、今なんて言ったの？　海鳥が、誘拐された？」

「ええ、その通りよ奈良さん。ついさっきのことなんですけどね」

金髪お嬢様は、やや焦ったような口調で答えてくる。

「事は一刻を争うわ。きっと今頃はでたらめちゃんたちも、彼女の救出に向かっていることでしょう。わたくしたちも、早く合流しないと」

「…………」

「……ああ。そういえばわたくしとしたことが、自己紹介がまだでしたわね」

金髪お嬢様は、そこでふぁさっ、と自らの髪を掻き上げるようにして、

「わたくしの名前は清涼院綺羅々。〈泥帽子の一派〉の『中核メンバー』にして、あなたたちの宿敵の一人……なのだけど、今夜に限っては話が別よ。

わたくしの個人的な事情で、今夜だけは、あなたたちの味方になってあげる。こんなこと滅多にないんだから、精々感謝することね」

5　でたらめちゃんについて⑤

「…………ん？」

それは、十年前のこと。

家具一つ置かれていない、ひどく殺風景な部屋の中央で、その6歳の女の子は目を覚ましていた。

サラサラの、黒髪ロングの女の子である。

「…………あれ？」

女の子は眠そうに目を瞬かせながら、きょろきょろ、と辺りを見回して、

「……ここ、どこ？」

「――おや、気が付きましたか」

そして、次の瞬間だった。

女の子の正面から、唐突に、にこやかな男の声が響いてきていた。

「……えっ？」

「ちょうど良かったです。そろそろ起こそうかと思っていたので」

声の主は、30過ぎほどの、細身の男だった。

泥色に塗られた風変わりな帽子を被り、人の良さそうな笑みを浮かべて、少女の方を見

下ろしてきている。「もう日も大分傾いてきましたし、あまり時間をかけすぎると、親御さんを心配させてしまいますからね」

「……っ!?　えっ、な、なに!?」

と、寝起きでぼんやりとしていた女の子の顔つきが、一瞬で混乱のそれに変わる。慌てた様子で、後ろに飛びずさろうとするが、

「……っ!?」

そこで女の子は、自分が椅子に縛られているということに、ようやく気付く。

椅子に座らされた状態で、手を後ろに回され、さらにロープで身体と椅子をぐるぐる巻きにされているのだ。

これでは立ち上がるどころか、身動きを取ることさえも出来ない。

「えっ!?　えっ!?　えっ!?　な、なにこれ!?」

「ふふっ、あまり暴れない方がいいですよ」

一瞬でパニック状態になった女の子を眺めつつ、尚も優しい口調で語り掛けてくる泥帽子の男。「自力では絶対に脱出できませんし、椅子ごと転んで、怪我でもしたら一大事ですからね」

「…………っ!」

言葉を受けて、女の子は困惑顔のまま、再び男の方を見返していた。「……!?　あ、あなた、さっきみちであった、『ふしんしゃ』さん!?」

さらに彼女は、ぎょっとしたような声をあげて、「……な、なんなんですか、これ⁉　なんでわたし、こんなところにいるんですか⁉　さっきまで、つうがくろだったのに！」

「…………」

「だ、だれなんですかあなた⁉　わけがわからない！　と、とりあえずこれ、はずしてください！」

「……すみませんが、それは出来かねますね」

女の子の剣幕に、泥帽子の男はふるふる、と首を左右に振って、「ですが安心してください。俺はなにも、あなたに怖いことをするつもりはないですから」

「……〰〰っ！」

もちろんそんなこと言われて、女の子が安堵できる筈もない。「……も、もしかしてこれ、『ゆうかい』ってやつですか？　でもうち、びんぼうだから、おかねなんてないですけど……！」

「誘拐？　おやおや、これは傷つくことを言われてしまいましたね」

泥帽子の男は、わざとらしく悲しそうな表情を浮かべて、「ほら、この顔をよく見てくださいよ。俺がそんな、薄汚い誘拐犯なんかに見えますか？」

「……っ！　じゃ、じゃあ、『へんたいさん』ですか⁉」

「………」

と、続いて言い放たれた言葉に、泥帽子の男は真顔になる。彼はなにやら考え込むように、顎に手を添えて、「……ふむ。それについては、『違う』とも否定できないのが正直なところですね」

「……ひっ!?」

女の子の表情が、さらに引きつっていた。

「い、いやあ！　おかあさんっ！　たすけてっ！　だれか！　おかあさんっ！」

「ははっ、無駄ですよ。いくら叫んでも、誰も助けになんか来てくれません」

男はニコニコと笑いながら言う。「そういう場所をちゃんと選びましたからね。今からここで何をしようと、誰にも知られることはないということです。誰も俺たちの邪魔はできません」

「…………………っ！」

「……。と、まあ冗談はこれくらいにして」

そこで泥帽子の男は、すっ、と目を細めて、

「そろそろ本題に入りましょうか、海鳥東月さん？」

「…………………え？」

そう告げられた途端、女の子の表情は固まっていた。

彼女は、ぽかんと口を開けて、男の方を見返す。

「……え？　は？　な、なんで？　なんで、わたしのなまえ……」

「ええ、よく知っていますとも、海鳥東月さん」

泥帽子の男はにこやかに続けてくる。「海鳥が苗字で、東月が名前。お母さんの名前は海鳥満月さん。誕生日は四月の一日。神戸市生まれの神戸市育ち。小学校一年生。全部あっていますよね？」

「………っ!?」

「俺はあなたのことなら何でも知っているんです。そして海鳥さん。俺は誘拐犯でもなければ、もちろん変態でもありません」

泥帽子の男は、そこで軽く息を吸い込むようにして、

「俺はね、医者ですよ」

「………は？」

目が点になる女の子だった。

「………お、おいしゃさん？」

「ええ。俺はあなたの『病気』を治すお手伝いをしたくて、あなたをここにお連れしたんです。ねえ、海鳥東月さん。あなた、嘘が吐けなくて困っているんですよね？」

やや日も傾き始めた時間帯。

神戸市内、一本の道路を、一台のタクシーが走行している。

「…………」

「…………」

その車内の後部座席には、二人の少女が並んで座り込んでいる。

片方は、金髪碧眼(へきがん)のお嬢様。

もう片方は、赤い髪の能面少女。

「……あ、運転手さん」

と、口を開いたのは金髪お嬢様、清涼院綺羅々(せいりょういんきらら)だった。「次の角、右に曲がってくださる？」

彼女は涼やかな笑みを浮かべつつ、前の座席の運転手へと言葉をかけていく。

「そこから先は、しばらく直進で大丈夫ですわ。次は左に曲がっていただくけど、そのときはまた、直前にお伝えしますから」

「…………」

対して、そんな風に指示を飛ばす清涼院の横顔を、真顔で見つめる赤い髪の少女、奈良(なら)芳乃(よしの)。

表情筋をぴくりとも動かさない彼女は、一体何を考えているのか、傍(はた)からはまったく読み取れない。「…………」

「……そんな風にジロジロ見なくても大丈夫よ、奈良さん」

そして。

清涼院(せいりょういん)は、正面を向いたままで、奈良(なら)に呼びかけていた。「心配しなくても、このタクシー料金は、ちゃんとわたくしが払ってあげますから」

「……え？」

唐突な呼びかけに、奈良は無表情で、戸惑ったような声を漏らす。

「は？　なんだって？」

「だってあなた、まだ高校二年生なんでしょう？」

清涼院は何故(なぜ)か、得意そうな声音で返してくる。「わたくしは高校三年生、つまりあなたより一つ年上よ。初対面の年下にお金を払わせるほど、わたくしは卑しい人間じゃないわ」

「…………」

奈良はやはり無表情で、しかし何とも言えなそうに、清涼院の横顔を見つめる。

「……いや、別にそんな心配は一つもしてなかったけど」

ややあって奈良は、ゆっくりと口を開いて、「でも、ちょっと待って。流石(さすが)に意味が分からなすぎるから、一回ちゃんと説明してもらってもいいかな？」

「説明？　何についてのかしら？」

「まずキミ、清涼院綺羅々(きらら)、でいいんだよね？」

清涼院を睨(にら)みつつ、奈良は問いかけていく。「〈泥帽子(どろぼうし)の一派〉の『中核メンバー』の一人で、今年のゴールデンウィークに、海鳥(うみどり)たちとひと悶着(もんちゃく)あったっていう」

「ええ、その清涼院綺羅々よ、奈良芳乃さん」

　清涼院は微笑みながら頷いていた。「どうやらわたくしのことは、海鳥さんからある程度聞かされているようね。話が早くて助かりますわ」

「…………」

「……で。その確認が済んだところで、次にあなたが訊こうとしてくるのは、大体このあたりでしょうね――どうして自分のことを知っているのか？」

「…………」

「ええ、まあ、それは不思議に思って当たり前よね」

　見透かしたような口調で、清涼院は言う。「でも奈良さん、それについての答えはシンプルよ。あなたがわたくしのことをある程度知っていたように、わたくしもあなたのことを少しだけ知っていたの。以前、泥帽子さんから教えてもらってね」

「――え？」

「分かりやすく言うとね。あなた、『スカウト候補』なのよ」

「……『スカウト候補』？」

「つまり、以前の喰堂さんと同じってこと」

　清涼院は、奈良の方を見つめて、「あなた、〈泥帽子の一派〉の中では、結構有名人だったのよ？　神戸のいすずの宮という小さな町に、面白い〈嘘憑き〉が暮らしているって。それも〈一派〉に加入すれば、即『中核メンバー』入りするほどの、強力な〈嘘憑き〉だって」

「……なんだって？」

「わたくしも何度か、あなたの話を泥帽子さんから聞かされたものよ。彼はこう言っていたわね。その〈嘘憑き〉は、とにかく信じられないような美貌の持ち主で、顔を見るだけで一発でそうだと分かるってね」

清涼院は言いながら、肩を竦めて、「まあ、実際にこうして顔を見てみるまでは、半信半疑でしたけど」

「……いや、ちょっと待ってよ。なにそれ？」

清涼院の言葉に、奈良は唖然としたように声を漏らす。

「私のことを、ずっと前から知っていた？　泥帽子が？」

「あら、そんなに不思議？　むしろ自然なことだと思わない？　日本中にアンテナを張り巡らせて、〈嘘憑き〉の情報収集にあたっている彼が、あなたほどの〈嘘憑き〉を見逃す筈ないじゃないの。

大体あなた、中学の頃は芸能活動もしていて、ある程度目立っていたんでしょう？　それは当然マークされるわよ。『モデル仲間を何人も整形させた』なんて、そんなの泥帽子の大好物みたいなエピソードなんだし」

「…………っ!?」

奈良は無表情のまま、しかし驚愕したように息を呑んでいた。「……嘘でしょ？　そんなことまで知られてるの？　いや、でも四月に揉めた疾川さんや敗なんかは、私のことなんてぜんぜん知らないみたいだったけど？」

「それはそうよ。敗さんは、人の話なんて聞いてないんだもの」

「…………」

「彼女も、ちゃんと奈良さんの情報を覚えてさえいれば、でたらめちゃんに不覚を取ることもなかったかもしれないわね……まあ、そんな無駄話はいいわ。今はとにかく、海鳥さんのことよ」

「……海鳥？」

「いいこと、奈良さん？　さっきも言ったようにね、海鳥さんは、今大ピンチなの」

真剣な口調で、清涼院は言うのだった。

「事は一刻の猶予もないわ。でたらめちゃんが今、懸命に事態の解決にあたっているけれど、正直言って救出の見込みは薄いと言わざるを得ない。今回はそれだけ相手が悪い。だからわたくしは、自分の『嘘の能力』を使って、大慌てで奈良さんのことを探し出したのよ。海鳥さんの最大の味方が、この町に住んでいると知っていたから。今さらながら、夏祭りの日の警察署であなたたちの喧嘩の話を偶然立ち聞きできたのは、本当に僥倖だったわね」

「……いや、何の話してるの、キミ？」

「時間もないことですから、細かいところは省きます。集中して聞きなさい、奈良さん」

清涼院は言いながら、奈良の瞳を真っ直ぐに見据えて、

「まず、今海鳥さんは、枕詞ネムリという頭のおかしい女に拉致されていて——」

……。……。……。

「——な、なんだよそれ!?」

説明を受けて、奈良が発していた第一声は、それだった。

彼女はタクシーの車内全体に反響するほどの大声で、叫んでいた。

「だ、誰だよ、その枕詞ネムリとかいうクソ女は！　そんなクレイジーにさらわれた!?　海鳥、絶対ヤバいじゃん！」

「ええ、死ぬほどヤバいわね」

対する清涼院は、張り詰めた表情で答えてくる。

「枕詞さんは、異常者ぞろいの『中核メンバー』の中でも、頭一つ抜けた危険人物よ。見た目こそ可愛らしいけれど、およそ社会常識と呼ばれるものを、何一つ身に付けていないから。話の通じなさでは、敗さんに匹敵するかもしれないわね」

「…………っ！」

「そんな彼女が、なぜ海鳥さんを拉致しようと思い立ったのか？　それについては、あの場ではよく分からなかったけど……とにかく言えることは、一刻も早く救出しないと、海鳥さんの身が本格的に危ないということよ」

清涼院は眉間を摘まみつつ、窓の外を睨んで、

「ここまで言えば、もう説明しなくても分かるわよね？　このタクシーの向かっている先が、枕詞ネムリのマンションということは」

「………………」

「彼女、普段は青森で暮らしているんだけど、今は神戸市内にマンスリーマンションを借りて住んでいるのね。さっき一緒にお昼ごはんを食べているとき、彼女の嘘からその話を聞いたわ。運のいいことに、正確なマンションの所在地までね」

「………………」

「当然でたらめちゃんたちも、枕詞さんを追跡していれば、そのマンションにまでたどり着く筈よ。だからそこで彼女たちと合流しようと思っているの。そして合流でき次第、全員でマンションの中に押し入って――もぐっ!?」

が、そんなときだった。

滑らかに言葉を捲し立てていた清涼院の口が、突然に塞がれてしまう。

「……っ!?　!?」

「……ふざけるなよ？」

口を塞いでいたのは、奈良だった。

彼女は、清涼院の顔を睨み付けつつ、怒りを押し殺したような口調で言う。

「――お前ら、あの子に万が一のことがあったら、分かってんだろうな!?　マジぶち殺すからな！　その枕詞とかいう頭のおかしい女も、当然お前もっ！」

「……〰〰っ！　ちょ、ちょっと、なにするのよ！」

ぱしっ、と奈良の手が、清涼院によって払いのけられる。

「い、痛いじゃないの！　急に人の顔を鷲掴みにするだなんて、一体どういう教育受けてきたの！　信じられませんわっ！」

「………………」

「だ、大体、八つ当たりじゃないの！　海鳥さんをさらったのは、あくまで枕詞さんであって、わたくしじゃないんだから！」

「……ふん、どうだかね」

ぷいっ、とそっぽを向きつつ、奈良はやはり不機嫌そうに言葉を返す。「少なくとも私は、その理屈には納得しかねるぜ。枕詞ネムリもキミも、私からすればどちらも〈泥帽子の一派〉、同じ穴の貉さ。第一キミには、ゴールデンウィークに同じく海鳥を拉致したっていう、前科もあるわけだしね」

「……っ！　た、確かにそれはそうだけど！　あれは話を聞きたかっただけで、そのまま誘拐しようとしたわけではありませんわ！」

憤懣やるかたないという様子で、清涼院は奈良の方を睨み付けている。「……っていうか、あなたね！　さっきからずーっと気になっていたんだけど、どうしてわたくしに対して、普通にタメ口使ってるのかしら!?」

「……はあ？　タメ口？」

「わたくしはあなたの一個上だと、さっき伝えた筈よ!?　年下は年上に敬語を使う！　当たり前のことでしょう！」

「…………いや、なに言ってんのキミ？」

奈良は無表情で、しかし呆れたように肩を竦めて、「キミが年上だから、一体なんなの？　生憎私は、『敵』に使う敬語なんて持ち合わせていないんだよね。そもそも、そんな誤差みたいな年齢差で威張られること自体、意味わかんないし」

「……っ！　あ、あなたねぇ！」

「大体私、キミのことを信用したわけでもないし」

「……え？」

「だって、普通に意味分からないもんね。今の、キミの行動」

奈良はじろり、と清涼院を睨んで、

「キミ、なんで海鳥を助けようとしてるわけ？」と、問いかけていた。「枕詞ネムリは、キミの仲間なんでしょ？　そのマンションに私を連れていくって、完全な裏切り行為じゃん。キミが海鳥のためにそんなことする理由が、私にはさっぱり分からないんだけど」

「………………」

問いかけを受けて、清涼院は黙り込む。

彼女は真顔のまま、数秒の間、奈良の方を無言で見返してくる。

……が、ややあって、視線を逸らして、

「……別に、大した理由じゃないわ。ただの利害の一致よ」

「え？」

「そもそもわたくしは、枕詞さんと仲間というわけでもないわ。ただ同じ組織に属しているというだけでね。もちろん普段は、表立って敵対するようなことはしないけれど……どうしても譲れない事情があるなら、話は別よ」

「……どうしても譲れない事情？」

「…………困るのよ」

清涼院は、ぼそりと呟く。「海鳥さんの身に何かあると、わたくしはとっても困ってしまうの。あの子はわたくしの計画における、切り札だから」

「……切り札？」

「……まあ、そんなどうでもいいことはさておき」

清涼院はそこで、わざとらしく咳払いを入れて、

「話を本筋に戻すとしましょう、奈良さん。何度も言うように、タクシーが件のマンションに到着するまで、それほど時間は残されていないんですからね。今の内に、すべて準備は済ませておかないと。

そういうわけで、お次はいよいよ、あなたの嘘の内容を教えていただけるかしら？」

「…………は？」

「嘘の内容よ、嘘の内容。あなた、自覚のある〈嘘憑き〉なんだから、当然答えられるでしょう？」

清涼院は言いながら、奈良の表情を覗き込んで、「〈泥帽子の一派〉も流石に、メンバーでもないあなたの嘘の詳細な内容については、把握していませんからね。だからあなたの口から説明してちょうだい。出来るだけ簡潔にね」

「……いや、ちょっと待ってよ」

奈良はふるふる、と首を左右に振って、

「意味不明なんだけど。なんで私が、キミにそんなこと教えないといけないわけ？」

「……はあ？　なに言ってるの、あなた？」

返答を受けて、清涼院は呆れたように息を漏らしていた。

「そんなの、一時的とはいえ手を組むからに決まっているじゃない。お互いの手の内を晒し合わないことには、協力もなにもないでしょう？」

「……手の内を晒し合う？　私たちは、本来敵同士なのに？」

「別になにも問題ないでしょう？　別にわたくし、あなたの嘘の内容を知ったところで、なにもしないもの」

清涼院は当然のことのように答えてくる。「あなたも考えてみなさいよ。自分の嘘の内容がわたくしに知られたとして、何かデメリットがあると思うの？」

「…………」

問いかけに、奈良はしばらく、思案するように黙り込むが、

「……いやまあ、確かにそう言われてみれば、特には思い浮かばないけど」

「でしょう？　つまりそういうことよ。納得したなら、早く話し始めてくれる？」

やや焦れたような口調で、清涼院は促してくるのだった。

「こうしている時間も勿体ないわ。お願い奈良さん。これは海鳥さんのためでもあるんだから」

「……うーん」

が、そこまで言われても尚、奈良は納得できなそうに、視線を彷徨わせてたが、

「……まあ、海鳥のためっていうなら」

◇◇◇

「……頭おかしいんじゃないの？」

そして、数分後。

奈良の説明を聞き終えて、清涼院は、そんな唖然としたような声を漏らしていた。

「……え？　え？　ちょっと待って。本当に意味が分からないんだけど」

ふるふる、と首を振りながら、彼女は尚も言葉を続ける。

「全人類の容姿を、あなたと同じ顔に整形する？　この世から、容姿という概念を廃絶させる？　何故ならそれが、神様から与えられた、自分の使命だから？」

「そうだよ。そう言ってるでしょ？」

清涼院とは対照的に、奈良は事もなげに答えていた。

「だから私は、その使命を果たすために〈嘘憑き〉になったんだよ。この私の世界一の美貌を、世界中老若男女無差別に、のべつまくなしに配給するためにね」

「…………」

しかし、そう丁寧に告げられても、清涼院はやはり理解が追い付かないらしい。「い、いやいやいやいや……な、なんなのその思想？　一体どういう育ち方をしたら、そんな思想を得るに至るの？」

「そう言われても、私が世界一の美少女であることは、純然たる事実だからね」

無表情で、肩を竦めつつ奈良は言う。

「そんなのはわざわざ理屈を並べ立てるまでもなく、鏡で自分の顔を一目見れば分かることさ。目も、口も、鼻も、輪郭も、どこにも欠点がない。どこも直すところがないということは、つまりこれ以上が存在しない。世界の誰も、私の美貌には敵わない。

だから私は、普段からこんな風に無表情なのさ。笑ったり泣いたりして、このどこも直すところのない完璧な美貌を損ねるわけには、いかないからね」

「…………」

「……しかし、なんだか逆に新鮮だね、そういうリアクション」

清涼院の反応を窺いながら、奈良は感慨深そうに言うのだった。

「四月のあの日に、海鳥にこの思想を正式に受け入れてもらってから、もう随分と経つし。それ以降も、たくさんの頭のおかしい〈嘘憑き〉たちとやりあってきたものだからさ。なんだか最近は『自分の思想って実はそこまで変でもないんじゃないか』なんて風に思えてきていたんだよ。でも、流石にそれは勘違いだったみたいだね」

「……ええ。それはもう清々しいほどに勘違いね」

清涼院はため息まじりに答える。

「わたくしもこれまで、それなりの数の〈嘘憑き〉を〈一派〉にスカウトしてきたものだけど、あなたほどクレイジーな〈嘘憑き〉はいませんでしたわ。なるほど、泥帽子さんが目をつけるわけね」

「まあ、仮に勧誘されたところで、私はキミたちの仲間になったりしないけどね」

奈良は鼻を鳴らして、「中学の頃ならいざ知らず、今の私は、目的のために手段を選ぶ意識の高い〈嘘憑き〉だからさ。泥帽子の力なんて借りず、この使命も、ちゃんと自力で果たしてみせるつもりだよ」

「……使命を果たす、ね。もしそれが本当に実現したらと思うと、ぞっとするわ。世界中の人間の顔がみんな同じだなんて。完全にディストピアじゃないの」

「ちなみに清涼院さん。そうなった場合、キミも変な心配する必要はないからね」

「……心配？」

「いくらキミが、かつて海鳥を拉致した私の『敵』だからって、私はそんなことで対象を差別したりしないから。ちゃんとキミにも、私の美貌を配給してあげるから、安心しておくれ」

「…………はあ？」

清涼院は、ぱちぱち、と目を瞬かせて、

「……いや、なに言ってるの？　わたくし、別に欲しくないけど、あなたの顔なんて」

「ははっ、いやいやいや清涼院さん、遠慮しなくていいってば」

奈良は優しい口調で言葉を続ける。「むしろキミには、真っ先に私の顔をプレゼントしてあげるよ。だって夢みたいな話でしょ？　キミみたいな人間にとってはさ」

「…………？」

「うん、間違いないよ。だって、キミのその顔……」

奈良は言いながら、清涼院の顔面を、じっと見つめて、「……うーん、まあ、88点？いや、89点くらいかな？　ちょっと色々大目に見てあげるとして」

「……は？」

「不思議な話なんだけどさ。キミみたいにそこそこ綺麗な子ほど、そうじゃない人たちより、私の容姿を羨ましがる傾向があるんだよね」

奈良はうんうん、と独りでに頷きながら、

「きっと自分で自分を美形と自負しているからこそ、私の完璧な美貌との『差』を、余計に意識してしまうんだろうね。モデル時代、自発的に私と同じ顔に整形した子たちは、みんなキミくらいの美形だったよ。おかげで事務所からは大目玉喰らっちゃったけど」

「…………」

「ある一定以上の美形で、私の容姿を羨ましがらなかった人間なんて、それこそ海鳥くらいしかいないかもね。でたらめちゃんとかとがりちゃんとかも可愛いんだけど、あの子たちはそもそも人間じゃないし」

「……………ちょっと待ちなさいよあなた」

と、そんな奈良の言葉を遮るようにして、清涼院は、震えた声で呟いていた。

「……89点!? 89点ですって!? それ、誰のことを言ってるの!?」

続いて彼女は、目を剥いて叫ぶ。「だ、誰の顔が80点台よ! どう考えても90点台半ばはあるでしょ! て、訂正しなさい、今すぐに!」

「……ええ? 急になに?」

物凄い剣幕で迫られ、面倒そうに息を漏らす奈良。

「いや、89点でも、私からしたら相当の高評価なんだけど……っていうか清涼院さん、自分で自分のこと『90点台半ば』って、自己評価高すぎじゃない?」

「……〰〰っ!? あっ、あなたにだけは言われたくないわよ、そんなこと!」

「……っていうか、そんなどうでもいいことはともかくさ」

奈良はそこでため息を漏らして、

「とりあえず、私の嘘の内容はそんな感じだから。お次は、そっちの話を聞かせてくれるかい？」

「――え？」

「え？　じゃないよ、清涼院さん。次はキミの嘘の内容を教えてくれる番の筈でしょ？

私の方はもう話したんだから、当たり前だよね？」

「……わたくしの嘘の内容？」

ヒートアップしていた清涼院は、その一言で我に返った様子だった。

彼女は虚を衝かれた様子で、奈良の方を見返してくる。

「おいおい、まさか私にだけ喋らせるつもりだったのかい？」

やや不機嫌そうに奈良は言う。「協力し合うからには、お互いの手の内を晒しあう必要がある。そう言ったのは、清涼院さん、キミ自身の筈だけど？」

「……いえ、それは確かに言いましたけど」

清涼院は、なにやらぼんやりとした口調で返してくる。「…………」

「……なに？　清涼院さん。まさかこの期に及んで、自分の嘘の内容は話したくないなんて言わないよね？」

「…………」

「清涼院さん？」

「……ええ。もちろん言わないわよ、そんなこと」

ふるふる、と力なく首を振りつつ、清涼院は答えていた。

「確かに、次はわたくしの話す番よ。あなたに言われずとも、最初からそのつもりでしたわ……ただ」

「……ただ？」

「……この流れで話すのは、ほんの少しだけ、プライドに障るわね」

清涼院は、なにやら面白くなさそうに言う。

「だって端的に言って、パンチが弱いんだもの。あなたのそれと比べて、わたくしの嘘の内容は」

「……は？」

「そんなクレイジーな話を聞かされた後に、『割と普通っぽい』嘘の内容について話したら、なんだか〈嘘憑き〉として負けた気がするでしょう？　わたくし、それが嫌なのよ。年下の女の子に、思想のヤバさで上をいかれるだなんて……」

「……いや、知らないんだけど」

心底どうでもよさそうに、奈良は呟いていた。

「キミのプライドの問題なんて本当に知ったことじゃないし。そもそも勝ち負けとかじゃないでしょ、嘘の内容って。いいから早く教えてよ。時間もないことなんだからさ」

「……ええ。それは本当に、あなたの言うとおりね」

促されて、清涼院は頷いていた。

「今はわたくしの気分なんて、どうでもいいことだわ。なによりも海鳥さんを助けることしましょう」

が最優先事項なのですから。ここは恥を忍んで、ささっと嘘の内容を開示させてもらうと

「…………」

「まあ、結論から言うとね、奈良さん」清涼院はそして、大きく息を吸い込んで、

「わたくしは、お金持ちになりたいのよ」

「……お金持ちになりたい？」

「ええ。とてもありきたりな夢でしょう？」

自嘲気味な口調で、清涼院は言う。

「ありきたりというか、もはや当たり前の夢よね。恐らくこの地球上で、最も数の多い夢に違いないわ。それを目指さない人の方が、むしろ変わり者と言えるでしょう」

「…………」

「沢山のお金を手に入れたい。お金を稼いで、日々の生活を潤わせたい。あるいは、とにかく『お金を稼ぐ』というゲームそのものを楽しみたい、なんて人もいるでしょう。

どうあれ、この社会で生きるほとんど全ての人たちは、『お金』というものに人生を支配されているわ。そしてわたくしも御多分に漏れず、その内の一人というだけなの。とはいえ、ほんの少しだけ、その執着は人よりも強いかもしれないけど」

「……いや、ちょっと待ってよ」

と、そこで奈良は、清涼院の言葉を遮って、

「お金持ちになりたい？　それが清涼院さんの嘘の内容？　なにそれ、よく分からないんだけど？」

無表情で、怪訝そうに奈良は尋ねていた。「だって、海鳥から聞いたことだけどさ。清涼院さんって、そもそもお金持ちなんじゃなかったっけ？」

「…………」

「なんか、この前のゴールデンウィークのときは、リムジンでいすずの宮まで乗りつけてきたんだよね？　しかも車内には、高そうなカップとかグラスがたくさん置いてあったって、あの子言ってたけど」

「……リムジンの話はやめて」

「え？」

「申し訳ないけど、その話は金輪際しないで。わたくし、その件については、もう思い出したくないの」

「……？」

「……とはいえ、あなたの指摘は、ある意味では正しいわね。『現状』はともかく、一族を追放される前は、わたくしは確かにお金持ちだったわけだもの」

「……追放？」

「ただね奈良さん。仮にわたくしがお金持ちのままだったとしても――私の言っていることに、何か矛盾が生じるかしら？

既にお金を持っている人間が、それ以上のお金を欲してはいけない、なんて理屈はないでしょう？　というか、むしろ実際の世の中では、そういうケースの方が多い筈よ。お金持ちというのは、お金への執着が強いからこそ、お金持ちになり得るのですから」

清涼院は言いながら、苦笑いを浮かべて、「別に難しく考える必要はないのよ、奈良さん。確かにわたくしは、かつてはお金持ちの家に生まれて、何不自由のない生活を送っていたけれど……でもそれだけでは、少しばかり満足できなかったから。その渇きを満たすために、〈嘘憑き〉になったという、ただそれだけの話なの」

「……はあ、少しばかり満足できなかった、ねえ」

奈良は無表情で、困惑したように頷いて、

「ちなみに、具体的にはいくらくらい欲しいの？　それ」

「……そうねぇ」

問いかけられて、清涼院は思案するように目を細める。

「あくまで概算だけれど――ざっと１６００兆ドルほどかしら」

「…………は？」

「だから、１６００兆ドルよ、１６００兆ドル。なに？　数字が大きすぎて、円への換算がすぐに出来ないの？」

事もなげに清涼院は告げてくる。

「ちなみに日本円に直すと、およそ22京といったところだけど」

「……22京!?」

そう言われて、奈良はようやく理解が追い付いたのか、ぎょっとしたような叫び声を上げていた。「え？　は？　京？　それ、兆の次のやつの？」

「まあ、最低でも、それくらいは欲しいわよね」

うんうん、と清涼院は一人で頷いて、

「でないとわたくし、とてもじゃないけど、満足なんて出来ないもの」

「………………??」

「……ふふっ、そんな目で見ないでよ奈良さん。

だってわたくし、本当に、本当に、本当に、本当に、本当に、本当に、本当に、大好きなんだもの……この社会を支配する、お金という物体がね」

そう語る清涼院の顔には、いつの間にか、なにやら恍惚とした色が浮かんでいた。

「自分でも分からないくらいなのよ。どうしてこんなに、お金に執着してしまうのか。どうしてこんなに、お金に焦がれてしまうのか。この感情は『物欲』なんてレベルをとうに超越しているわ。それも何か後天的なきっかけがあったわけでもなく、赤ちゃんとしてこの世に生まれた瞬間から、わたくしはずっとこうだったの。だからわたくしのお金に対する『好き』は、わたくし以外の人間のそれとは、明らかに性質が違うの。

そうね……一番分かりやすい言葉で言うと、『恋』なのかもしれないわ」

「……は？　恋？」

「ええ、そうよ奈良さん。わたくしにとってのお金は恋愛対象なの。わたくし、お金と付き合いたいのよ」

　と、そこで清涼院は、突然にくすくす、と笑い声を漏らして、

「うふふっ。とはいえ、もちろん本当に付き合いたいというわけではないわよ？　それくらい愛しているという意味だから。本当にお金と恋愛したいのだとしたら、わたくし貨幣(マネー)性愛者(フィリア)になってしまうわ、ちゃんと恋愛対象としては人間が好きだから、そこは誤解しないでね？」

「…………??」

　が、そう冗談めかした口調で言われても、奈良は困惑した様子で、ぱちぱち、と目を瞬かせるだけだった。「……？　いや、あの、清涼院さん？　よく意味が――」

「でもね奈良さん」

　清涼院は尚(なお)も畳みかけてくる。「わたくしはあくまで、お金をお金として好きなだけなんだけど……それでもほぼ恋愛対象として見てしまっているせいで、他の人たちとは違って、どうしても許せないことが一つだけあるのよ」

「……許せないこと？」

「……浮気よ」

　清涼院の声が、そこで少しだけ低くなる。「わたくしは、お金の浮気が、どうしても許せないの」

「………んん？」

「まあ、当たり前の話よね。好きな相手の浮気を許せる女なんて、この世にいる筈ないんだから」

微笑んではいるものの、清涼院の目は、まったく笑っていない。「わたくし、実際に男性とお付き合いしたことこそまだないけれど、もし一度でも浮気されたら、必ずその男をぶち殺すという確信があるわ。だって酷すぎるじゃない。わたくしの方は相手をちゃんと愛しているのに、一方的に、その気持ちを踏みにじるだなんて。

――だと言うのに、ねえ。もう奈良さんも、ここまで話せば、わたくしが何を言いたいか分かったでしょう？」

「……？　いや、何一つ分からないけど？」

「お金の話よ。お金の」

清涼院は、やや声を尖らせて言う。

「考えてもみてよ、奈良さん。わたくしはこんなにも、お金のことを愛しているのに……お金の方は、わたくし以外の人間に、浮気しまくりじゃない。こんなの、許されると思う？」

「…………は？」

「想像するだけでも、腸が煮えくり返りそうになってくるわ。今この瞬間も、わたくしの大好きなお金が、わたくし以外の人間の手に、ベタベタ触られているだなんて。こんな屈辱があっていいのかしら？　本当に、わたくしにとっては、地獄みたいなものだわ、この資本主義社会は」

「………」

「この憤りを、奈良さんにも分かりやすく、今風に表現するなら——そうね、同担拒否ってやつかしら」

「……同担拒否？」

「お金を好きで、お金を持っているのは、この世でわたくしだけでいいの。わたくし以外の人間は、お金なんて持っていなくていいの。一銭たりともね」

「………??」

「つまり22京というのも、そういう意味なのよ、奈良さん」

　あまりの当惑のせいで二の句が継げなくなってしまっている奈良に対して、清涼院は一方的に畳みかけてくるのだった。「昔調べたんだけど、この世に存在する全てのお金の総額が、大体22京らしいわ。まあ、仮想通貨とか色々あるし、どこまでをお金と見做(みな)すかについては、諸説あるんだけど。数字そのものはどうでもよくて、とにかくわたくしが言いたいのは、この世のお金を完全に独り占めしたいということよ。意味分かるでしょう？」

「………」

「だからわたくしは、清涼院の家の娘というだけでは、満足できなかったの。その程度の資産では、22京なんて、到底届かないもの」

「………」

「普通のお金持ちは、お金を使うためにお金を稼ぐらしいわね。でもわたくしの場合は、お金持ちでいるためにお金持ちになりたいのよ。そうしたら他の人間に、お金を使われずに済むようになるから」

「………マジで何言ってるの清涼院さん？」

そこで久しぶりに、奈良は口を開いていた。

「お金の同担拒否？　この世のお金を全部、独り占めしたい？　なんなのそれ？　本当にずっと何の話してるの、さっきから？」

「……ええ、言いたいことは分かるわ、奈良さん」

清涼院は、ため息を吐いて、「そんな夢、実現は不可能だって言いたいんでしょう？大きく、『二つの問題』があるせいで」

「………はい？」

「まず一つ目は、『そもそもお金を独占することなんて可能なのか』、という問題よね。もちろんこれも難題よ。少なくとも、そんな無理難題を達成する方法を、わたくしは思いつけないわ。

……ただ、正直こちらに関しては、絶望的というほどの問題でもないのよね。途方もないくらい難しいというだけで、物理的に不可能というわけじゃないんだもの。二つ目の問題に比べたら、些細なものよ」

清涼院は言いながら、がっくりと項垂れて、

「二つ目の問題というのはね。世界中のお金を独り占めにした、その後のことなの」

「……その後？」

「奈良さん、ちょっと想像してみて？　仮に世界中のお金を全部かき集めてきて、自分の家の金庫に、それを全部押し込むことが出来たとしましょう。わたくしにとっては、まさに夢のような展開よ。もしもそんな光景を見られたら、嬉しさで心停止してしまうかもしれないわ」

「…………」

「……でもね奈良さん、わたくしは思ってしまうのよ。その金庫の中身は、本当にお金と言えるのかって」

「…………は？」

「だってお金って、使われないなら、お金じゃないでしょ？」

　項垂れたまま、清涼院は言うのだった。

「お金というのは、流通していてこそ、多くの人に使用されていてこそ、価値があるものでしょ？　金庫の中に押し込められて、市場に出ず、どこにも循環しないお金なんて、そんなものお金じゃないわ。少なくともわたくしは、それをお金と認められない」

「…………」

「ふふふっ！　ふふふふふっ！　……我ながら、なんて救いのない夢を持っ

てしまったんでしょうね？　わたくしの夢の達成は、物理的には不可能でなくても、構造的に不可能なのよ。

　自分以外の人間がお金を持っていることを、わたくしは許せない。けれど自分以外の人間に持たれていないと、わたくしはそれをお金だと思えない。同担拒否でありながら、同担がいなければそれを愛せなくなってしまうという、絶望的な矛盾……！」

「………」

「……だからわたくしは、〈嘘憑き(うそつき)〉になったの」

　清涼院は、そこでゆっくりと顔を上げて、

「考えてみれば、すごく簡単なことだったのよね……自分以外の人間が、お金を持っていることを許せないなら。さりとて自分以外の人間が、お金を持っていないことも認められないなら。

　わたくし自身が、全人類になってしまえば、問題は全部解決するのよ」

「……は!?」

「もう分かったでしょう？　なぜわたくしが、嘘の力で、かつて海鳥(うみどり)さんの肉体を乗っ取ることが出来たのか？」

　清涼院は、微笑(ほほえ)んで言う。

「つまりわたくしの吐(つ)いた嘘は、『全人類が清涼院綺羅々(わたくし)になる』というものよ。わたくしは守銭道化(しゅせんどうけ)の力を使って、あらゆる人間の肉体を乗っ取ることが出来るの」

「………全人類が、清涼院さんになる？」

奈良は呆然と、その言葉を反芻する。

「……なにそれ？　そうなると、一体なにがどうなるの？」

「世界中のお金が、わたくしのものになるでしょうね」

清涼院は即答していた。「だって世界には、もうわたくししかいないんだから。論理的に考えて、そうなるに決まっているわ。

わたくしがわたくしのために働いて、わたくしはわたくしにお給料を払い、わたくしはわたくしのお店で買い物をする。常にわたくしの間でしか経済は循環しない。当然税金だって払うでしょうけど、それを納める税務署の人間はみんなわたくしよ。仮にわたくしが脱税をしたら、わたくしがわたくしの資産を差し押さえにも来るでしょうね」

「………………」

ぺらぺらぺら、と早口で捲し立てられて、奈良は呆気にとられたように、清涼院を見返していた。

ごくり、と無意識の内に、生唾を飲み込んでしまう。

「……い、意味が分からない」

ややあって、彼女の口からは、そんな絞り出す一言が発せられていた。

「な、何を言っているのかは、辛うじて分かったような気もするけど、それでもやっぱり分からない……っていうか、分かりたくもない、クレイジーすぎて……」

「……はあ？　クレイジーですって？」

そんな奈良の言葉を受けて、清涼院は不愉快そうに顔をしかめる。「あなたにだけはそんなこと言われたくないわね、奈良さん。なに？　自分の嘘の内容と比べて、わたくしの嘘の内容が思いのほか普通だったことに対する、遠回しな皮肉かしら？」

「……い、いやいや、全然違う！　何も皮肉とかじゃない！　心からの、純粋なドン引きだから！」

清涼院の言葉を、奈良は食い気味で否定していた。

「ぜんぜん『思いのほか普通』でもなかったし、パンチ弱くもなかったから！　私、普通に聞いてて鳥肌立ってきたし！　マジで普段どんな生活してたら、そんな頭おかしすぎること思いつくの!?」

「……頭おかしすぎる、かしら？　個人的に〈一派〉の〈嘘憑き〉としては、かなり普通寄りの嘘の内容だと思っているんだけど」

清涼院は不思議そうに首を傾げて、

「ちなみに補足しておくけれど、全人類をわたくしにするといっても、本当に一人残らずそうするわけじゃないわよ？　いくらお金のためとはいえ、地球上にわたくし一人しかいないというのは、寂しすぎるし。何人かは、『特区』に残すつもりだから」

「……『特区』？」

「そういう施設を作ろうと思っているのよ。わたくし以外の、わたくしにとって大切な人間たちを、そこで生存させてあげるの。もちろんお金は一銭も持たせずに、生活のすべてをわたくしが管理するのね。まあ、わたくし専用の『人間動物園』みたいなものだと思ってくれればいいわ」

「…………」

「……ああ！　それこそ海鳥さんなんて、残してあげてもいいかもしれないわね！」

そこで清涼院は、名案を思い付いた、という風に、手を叩いていた。「だって彼女、凄く可愛くて面白いんだもの。心の保養としては最適だわ。わたくし以外の人間がほとんどいなくなった世界で、いい話し相手になってくれそう」

「…………」

「ね、奈良さん？　この話を聞くだけでも、わたくしが『普通寄り』だって分かるでしょ？　世界で一人きりでも平気だって言い切れるならともかく、ちゃんと『それは流石に寂しい』って思えるんだもの。その当たり前の感性こそ、普通の証明みたいなものよ」

「…………」

奈良はもはや、清涼院とまともに会話するのを諦めたらしい。何か不気味なものを見る目で、相手の横顔を眺めている。「……なるほど。ちょっとだけまともな人かと思っていたけど、やっぱりこの人も、〈泥帽子の一派〉なんだね」

「とはいえ、安心していいわよ奈良さん」

と、奈良の呟きを無視して、清涼院は言葉を続けていた。

「わたくしの嘘の内容は、たった今語った通りだけど……少なくとも今すぐには、それが実現することはない筈だから。『目の上のたんこぶ』を取り除かないことにはね」

「……『目の上のたんこぶ』？」

「ええ。とても邪魔くさいたんこぶよ。いい加減、腐り落ちてほしいところなんだけど」

清涼院は、なにやら苛立ちを滲ませたような口調で言うのだった。「だからわたくしは、本当は〈泥帽子カップ〉どころじゃないのよ。まずは『目の上のたんこぶ』を――あのご老体をどうにかしないことには、何も始まらないんだから」

「…………？」

「――目の上のたんこぶ？　それはわしのことかの、綺羅々？」

◇◇◇◇

キキッー！

という、強烈なブレーキ音と共に、タクシーが急停止していた。

「きゃあっ!?」

瞬間、前につんのめる奈良。かなりの衝撃だったが、シートベルトをしていたおかげで、前の座席に頭を打ち付けるようなことはなかった。そして当然のごとく、その無表情は崩れない。

「えっ？　はっ？　なになに!?」

「――ほほっ、すまんのうお嬢ちゃん。荒い運転をしてしもうて」

そんな彼女に言葉をかけてくるのは、前の座席の運転手だった。

六十過ぎくらいの、総白髪の男性だ。

彼は、ハンドルを握ったまま、後部座席を振り向いてきている。

その表情に浮かんでいるのは、なにやら気味の悪い笑み。

「一応、免許は持っておるのじゃが、車など随分と久しぶりでな。わしの『元の身体（からだ）』は、色々と小さすぎて、運転には向いておらんもんじゃから」

「…………は？」

突然の訳の分からない運転手の物言いに、呆然（ぼうぜん）と声を漏らす奈良（なら）。

「…………」

が、一方の清涼院（せいりょういん）は、なにやら真剣な顔つきになって、運転手を見返している。

「……それにしても。いくらなんでも、流石（さすが）にオイタが過ぎるのではないか？」

そんな清涼院を見つめながら、運転手は言葉をかけていた。

「のう、綺羅々（きらら）よ。これは立派な裏切り行為じゃぞ？　分かっておるのか？」

「…………」

「大切な仲間であるネムリ姫の居場所を、そんな部外者に教えるなどと。〈一派〉の『中核メンバー』にあるまじき狼藉（ろうぜき）じゃ。到底許されるものではない」

「………おばあさま」

運転手を睨(にら)みつつ、清涼院は静かに声を発する。「……ええ、まあ、それはそうですわよね。これだけ派手に動いたのですから、尻尾を掴(つか)まれて当然です」

「ほほっ。気に病むことはないぞ、綺羅々。お前に限らず、わしの目をかいくぐることなど、この世の誰にも出来んのじゃからな」

運転手はニタニタと笑っていう。

「――さて。裏切り者を無事捕捉したところで、肝心なのは次じゃ。一体どうしてくれようか」

「………」

「普通なら、裏切り者には粛清あるのみじゃろうが……もちろんわしは、そんなものには興味はない。面白くもなんともないからの。

わしがしたいのは、お前の邪魔だけじゃ、綺羅々。なにせ目に入れても痛くないほど可愛(かわい)い孫が、なんぞ陰で、こそこそ悪だくみをしておるようじゃからの。おばあちゃんとしては、ちょっかいかけんわけにはいかんじゃろう」

「………」

「しかし、驚いたのう。普段慎重なお前が、これだけ大胆な行動に打って出るとは。それだけ、あの海鳥東月(うみどりとうげつ)が大事ということか？」

「……なるほど。どうやら言い逃れは不可能みたいね」

運転手の言葉に、清涼院はため息をついた後、奈良の方に視線を向けて、「そういうわけよ、奈良さん。申し訳ないけど、あなただけでもタクシーから降りてくれる？」

「……え？」

奈良は、やはり呆然とした様子で、清涼院の方を振り向いて、「ちょ、ちょっと待ってよ清涼院さん。ぜんぜん意味が分からないんだけど。キミ、この運転手さんと知り合いなの？」

「……ええ。知り合いも知り合いよ。この上なく不愉快なことにね」

清涼院はうんざりしたように答えていた。

「どうやらわたくし、今からこの人の遊びに付き合わないといけないみたいなの。あなたたちに協力できるのは、ここまでよ。本当にごめんなさい。

ただ、枕詞さんの住んでいるマンションは、もうすぐそこよ。ここから走っていけば、五分とかからず到着すると思うわ」

「…………清涼院さん」

奈良は真顔のまま、清涼院の横顔を見つめ続ける。

そんな視線を受けて、清涼院は気だるげに肩を竦めていた。「ほら、急ぎなさい奈良さん。あなたのお姫様は、王子様が助けに来るのを、今か今かと待っているわよ」

6　でたらめちゃんについて⑥

　一方その頃。

　神戸(こうべ)市内、あるマンスリーマンションの一室。

　リビングのフローリングの上に、海鳥東月(うみどりとうげつ)はへたり込んでいた。

「…………っ！」

　きょろきょろ、と忙(せわ)しなく、視線を彷徨(さまよ)わせる海鳥。そのたび、頭の上のネコミミがぴょこぴょこと揺れる。可愛(かわい)らしい服装とは裏腹に、その表情は土気色である。

「な、なんなのこれ……！　本当に、どうなってるの……!?」

　海鳥は泣きそうな顔のまま、とうとうそんな独り言を呟(つぶや)いていた。だがその声は、誰の耳に届くこともない。だだっ広いリビングには、彼女の他に人影はないからだ……少なくとも、今この瞬間においては。

　――ガチャリ。

　と、そんなときだった。

　ドアが開かれ、一人の少女が、外の廊下からリビングの中へと入って来る。

「…………」

「――ひっ!?」

その少女の姿を一目見た途端、海鳥は、反射的に悲鳴を上げていた。

翠玉色の長髪に、眠そうな目つき……　枕詞ネムリである。

「…………」

彼女は相変わらず無言のまま、とぼとぼ、と海鳥の傍へと近づいてくる。

――その腕の中に、大量の、コピー用紙の束を抱えながら。

「……………え？」

そんな謎の紙の束を見て、不思議そうに声を漏らす海鳥。だが、枕詞ネムリはやはり反応らしい反応を見せることもない。そのまま彼女は、海鳥の正面で立ち止まり、ゆっくりとフローリングに腰を下ろして、

「……………お待たせ」

と、呟いていた。

鈴を転がすような声である。

相変わらず覇気のない顔つきをしているものの、しかし彼女にしては珍しく、その目は正面の海鳥を、しっかりと見据えている。

「……っ!?　え、ええと、その……！」

いきなり正面に座り込まれ、そして真っ直ぐに見据えられて、しどろもどろになってしまう海鳥。「……あ、あの、私、なんでここに連れて来られたんですか？」

「…………」

「ま、まずあなた、誰ですか？　〈泥帽子の一派〉の、『中核メンバー』の人ですよね？」

「…………」

「私、さっきの公園で、いきなりあなたの嘘さんに拉致されて……気が付いたら、こんなところにいて。も、もう、訳が分からなくて……」

「…………」

「…………？　あの、すみません。私の声、聞こえてます？」

「…………………」

枕詞は、何も答えない。

一応、海鳥の方を見てはいるものの、海鳥からかけられる言葉に関しては、何一つ反応を見せない。

そして彼女は、無表情のまま、手に抱えていたコピー用紙を、海鳥の方へと突き出してくる。「………………はい、どうぞ」

「……えっ？」

ぽかん、と口を開けて、突き出されたコピー用紙の束を凝視する海鳥だった。「……は？　ど、どうぞって？」

「…………どうぞ」

「…………??」

同じ言葉を続けられ、海鳥は困惑の顔を浮かべたまま、とりあえず束を受け取ってしまう。「…………？　なにこれ？」

「……小説の原稿」

「え？」

「……私の書いた、小説の原稿」

ぼんやりと海鳥（うみどり）を見据えたままで、枕詞（まくらことば）は告げてくる。

「……それ、あなたに読んでほしくて、今、プリントアウトしてきた」

「…………はあ？」

訳が分からない、という顔で、言葉を返す海鳥。

「……え？　ちょっと待って、どういうこと？　あなたの書いた小説？　これが？」

「……うん、そう。一応、再来月の頭に発売されるやつ」

「……？　発売？」

「……そう、発売。つまり、私の新刊」

枕詞は、平坦（へいたん）な口調で続けてくる。

「……私、プロの小説家だから」

「えっ!?」

「……一応、居眠（いねむ）りりんってペンネームで、活動してる」

「…………いねむりりん？」

「……ちなみに本名は、枕詞ネムリ」

枕詞は、そこで軽く息を吸い込むようにして、

「……枕詞に、カタカナでネムリと書いて、枕詞ネムリ。16歳、高校一年生。青森生まれの、青森育ち」

「…………」

「……ちなみに、あなたは？」

「……えっ？」

と、枕詞に指摘され、呆然と固まっていた海鳥は、ハッとしたように声を上げていた。

「あ、うん、ええと……私は、海鳥東月だよ。日本海の海に、鳥取県の鳥に、東から上る月と書いて、海鳥東月。高校二年生で、16歳だけど……」

「……へえ、ウミドリトウゲツさん」

咀嚼するように、枕詞はその名前を反芻していた。

「……ウミドリさん。なんだかペンネームみたいな名前。面白い」

「……小説家？　プロの？」

対して、海鳥は尚も当惑した様子で、手元のコピー用紙の束に目を落とす。「あっ、本当だ。著・居眠りんって、ちゃんと書いてある」

「……ちなみにウミドリさん、居眠りんって名前、聞いたことあった？」

「……え？」

「……聞いたこと、なかった？」

「…………っ。え、えっと、その」

海鳥（うみどり）は気まずそうに視線を逸（そ）らして、

「ご、ごめんなさい……私、普段小説とか、あんまり読まないから」

「……ううん、別にいいよ」

枕詞（まくらことば）は、ふるふる、と首を左右に振っていた。

「……むしろ変に知られていない方が、感想もフラットになって、良さそうだし」

「……？　感想？」

「……うん、そう、感想」

今度はこくん、と頷（うなず）いてみせる枕詞。「……あのね、ウミドリさん。なんで私の家に連れて来られたかって、不思議に思ってるだろうけど。それはあなたに、どうしてもやってほしいことがあったから」

「……やってほしいこと？」

「……さっき言った通り。私の小説を読んで、感想を言ってほしい」

「…………は？」

海鳥はぱちぱち、と目を瞬かせて、

「…………え？　なにそれ？　小説を読んで、感想を言う？　それだけ？」

「……うん。お願い出来る？」

「……？　い、いやいやいやいやいや」

一瞬の沈黙のあと、海鳥はぶんぶん、と首を左右に振り乱していた。

「な、なんなのそれ？　たったそれだけのことのために、私をさらったの？　嘘でしょ？」

「……？　そうだけど。何か不思議なところがある？」

「……いや、不思議っていうか」

あまりの当惑に、なんと言葉を返すべきか、海鳥は迷っている様子である。「……い、意味が分からなすぎるっていうか。本当に、なんで？　だって、私みたいな素人が本の感想を言ったところで、別になんにもならないでしょ？」

「………なんにもならない？」

が、そんな海鳥の返答に、枕詞の表情筋が、ぴくり、と動く。

「……なに言ってるのウミドリさん。そんなわけない」

「……え？」

「……だって、ウミドリさん、嘘吐けないんでしょ？」

枕詞は、彼女にしては本当に珍しく、やや真剣な顔つきになって、海鳥を見つめていた。

「……本当のこと以外、喋れないんでしょ？　それは間違いないよね？」

「……??」

さらに眉をひそめる海鳥。「……えっと、うん。それは確かに、その通りだけど」

「……だったらいい。だから私は、ウミドリさんを攫おうと思った」

枕詞は、満足そうに頷いて、

「……だって、嘘を吐けない人間なんて、小説家にとっては、夢のような読者だから」

「……は？」

「……ふっ、ふふふっ。本当に楽しみ。ワクワクする。嘘の感想を言えない人に、自分の小説を読んでもらう、なんて」

いつの間にか枕詞の表情には、微笑みさえ浮かんでいる。普段の彼女からすれば、およそあり得ないことである。「……凄く怖い。恐ろしい。恥ずかしい。こんなに気持ちが昂ることなんて、今までの人生で、一度もなかったかも」

「…………」

一方の海鳥は、ただただ唖然とした表情で、そんな枕詞を見返している。

「……え、ええと枕詞さん。私やっぱり、よく意味が分からないんだけど」

「……別にいい。分からなくても」

枕詞は、そこで微笑みを引っ込めて、

「……ウミドリさんは、ただ私の本を読んで、感想を言ってくれるだけでいい。難しいことは考えなくていい。あなたには、本音しか求めてないから」

「…………？　は、はあ」

海鳥は尚も釈然としなそうに言いながらも、手元のコピー用紙の束に目を落として、

「……要するに、この小説を読んで、感想を言えばいいんだよね？」

「……うん、そう」

「それで、ちゃんと感想を言ったら、家に帰してくれるってこと？」

「…………？　いや、帰さないけど」

「…………え？」

と、何気なく返された言葉に、海鳥の表情が固まっていた。

「……帰さない？」

「……うん、帰さないよ。ウミドリさんは、この先ずっと私といるの」

当然のことのように、枕詞は告げてくる。

「……ウミドリさんのことは、私が読者（ペット）として、一生飼ってあげるから」

「……ペット？」

「……だって私、過去に書いたものも山ほどあるし。これから先も、山ほど小説を書いていくし。その全部を、ウミドリさんに読んでほしい。それで感想を言ってほしい。私たちは、これからずーっと一緒に暮らすの。おばあちゃんになってもずーっと一緒。ちなみにお金の心配はしなくていい。私、結構売れっ子だから、ウミドリさん一人くらい、楽に養えるから」

「…………」

「……だからウミドリさん。とりあえず今日で、高校はやめてね」

枕詞の双眸（そうぼう）は、海鳥の顔を捉えて離さない。

「……家族や、友達とも縁を切って。この先、進学も就職も結婚も出産もしないで、人生の全部を、私の小説を読むために使って。それがウミドリさんにとっても幸せだから。これはもう、決まったことだから」

「…………！」

ごくり、と海鳥は生唾を飲み込んでいた。

彼女は引きつった顔で、枕詞を見返している。

「……ほ、本当になに言ってるのあなた？　頭のおかしい人に、面白い小説は書けない」

「……？　私が？　そんなわけない。頭おかしいの？」

枕詞は不思議そうに言いながら、おもむろに、海鳥の手元のコピー用紙を指さして、

「……ほら、いいから読んでよ、一本目。自信作だから、きっと面白い筈」

◇◇◇◇

「はあ、はあ、はあ、はあ……！　や、やっとついた……！」

そんな荒い息を吐きつつも、奈良芳乃は、件のマンスリーマンションの入り口へとたどり着いていた。

既に日もかなり傾き、空の色も暗くなりかけている。夕方と夜の境目の時間帯である。

「……ええと、清涼院さんに教えてもらったマンションは、ここで間違いない筈だけど」

乱れた息を整えながら、ポケットから取り出したハンカチで、まずは額の汗を拭う奈良。

どうやらここまで全力疾走してきたらしい。だが、どれだけ疲労困憊に見えても、その表

情筋だけは、やはりピクリとも動くことがなかった。

「でたらめちゃんたちも、もう到着してるのかな？」

奈良は言いながら、きょろきょろ、と、自身の周囲を見回して……。

「……あっ！」

「……ん？」

そこで、同じく入り口の前に佇んでいる、紫髪の女と目が合っていた。

目つきの悪い、20歳前後ほどの女である。

「うわっ！　敗じゃん！　びっくりした！」

「……奈良芳乃？」

奈良の叫びを受けて、怪訝そうに眉をひそめる女——敗。

「……どういうことだ？　なぜお前が、こんなところにいる？」

「……ああ、うん。そりゃ、キミからしたら訳が分からないだろうね」

奈良は無表情で頷いて、

「キミとまったく同じだよ。このマンションに住んでるっていう頭のおかしい〈嘘憑き〉から、海鳥を取り戻しに来たのさ。清涼院さんに事態を教えてもらってね」

「……なんだと？」

「ええと。流れを順序立てて説明するとさ——」

……。……。……。

「……はあ？　なんだその状況は？」

説明を聞き終えて、敗は困惑の第一声を発していた。

「それでお前は、清涼院をその場に残して、一人でここまでたどり着いたと？」

「うん、まあね。清涼院さんが、『ここはわたくしに任せて先に行きなさい！』なんていうもんだから」

肩を竦めつつ、奈良は答える。「でもまあ、清涼院さんなら多分大丈夫でしょ。一体何に襲われたかについては、私は最後まで意味不明だったけどさ」

「……ふむ。それは話を聞く限り、恐らく例の妖怪女の仕業だろうな」

「妖怪女？　なにそれ？」

「……いや、別にどうでもいいことだ。〈泥帽子の一派〉の内部で、今さらどのような内輪もめが起ころうと、私には何の関係もない」

敗はつまらなそうに鼻を鳴らして、「今回、海鳥東月を救おうとした清涼院の思惑についても、別段知りたいとも思わん。どうせあの女なりの、くだらん悪だくみだろうからな。それで、奈良芳乃。つまりお前は、この場に海鳥東月を救いにやって来た、ということでいいのだな？」

「ああ、その通りだよ敗」

奈良は力強く答えていた。

「海鳥がピンチとあらば、私は地球の裏側にだって飛んでいくからね。相手が〈泥帽子の一派〉の『中核メンバー』ともなれば尚更さ。『中核メンバー』には、キミといい清涼院さんといい、とにかくヤバい手合いしかいないみたいだから」

と、そこまで言ってから、奈良は不意に敗の後方へと視線を移して、

「……あれ？　でたらめちゃんたちは？」

「ああ。奴らなら置いてきた」

「……置いてきた？」

「正確には、まだこの場所に向かっている最中だ」

敗は苛立ったように言う。

「なにせ、信じられんほどに足がトロいからな、あのネコは。私の全速力には、到底ついてこれんのだ。筆記用具やサラダ油の方は、今はそもそも気絶していて、使いものにならん」

「……なにそれ？　つまり、今は敗一人だけってこと？」

「そういうことになるな。まあ、あのネコに関しては戦闘力も話にならんから、いてもいなくても一緒だろうが」

言いながら敗は、正面のマンションを見上げて、「それにしても……何故私が、海鳥東月などのために、ここまでせねばならんのだろうな。嘘の匂いを辿って、このマンションを特定するのも一苦労だったぞ。まったく、くだらん迷惑をかけてくれる」

「…………」

「……ん？　なんだ奈良芳乃？　なにか言いたいことでもあるのか？」

「……いや」

　奈良は無表情で、敗の横顔を凝視して、

「……なんていうか、ツンデレみたいだね、今のキミ」

「……は？」

「だってキミ、事実として誰よりも早く、このマンションに駆けつけたわけでしょ？」

　奈良はぽりぽり、と頰を掻きつつ言う。

「なんかそれ、めっちゃ海鳥のこと助けたい人みたいじゃない？」

「…………はあ⁉」

　途端、敗は奈良を睨み付けていた。

「なんだと？　貴様、今、何と言った？」

「いや、客観的に事実だけ見ると、そうとしか思えないっていうか……口ではぶつぶつ文句言ってるところとかも、むしろ余計にツンデレっぽく聞こえちゃうっていうか」

「…………！」

　わなわな、と肩を震わせる敗。怒りを押し殺している様子である。

「……ふざけるなよ貴様、本当に殺すぞ？　私は海鳥東月を助けようとしているのは、あのネコの命令だからだ。それ以外に理由などない」

「……ああ、うん。それはもちろん、よく分かってるつもりだけどね」

「分かっているなら、二度とそんな世迷い事を抜かすな。いいか？　次同じ台詞を吐いた

ら——」

……が、その瞬間だった。怒りに任せて言葉を捲し立てようとしていた敗は、不意に口をつぐんで、マンションの入り口の方へと視線を移していた。「………」

「敗？　どうしたの？」

「……奈良芳乃。今すぐに、羨望桜を外に出せ」

「え？」

「無駄話をしている時間は終わりだ……どうやらご丁寧に、向こうから出迎えてくれるらしいぞ」そう告げた敗の、視線を向ける先——マンションの入り口に、いつの間にか、一人の女が佇んでいた。

黒髪黒スーツの、高身長の女である。

彼女は、ニコニコ、と溌剌とした笑みを浮かべながら、奈良たちの方を見つめてきている。

「あははっ！　どうもどうも、敗さん！　さっきぶりっす！」

「………誰？」

女を一目見て、そんな呟きを漏らす奈良。

「空論城。枕詞ネムリの嘘だ」

答えていたのは敗だった。「机上の空論に城と書いて、空論城。ふざけた性格の女だが、しかし敵としては中々に厄介だぞ」

「……っ！　枕詞ネムリの嘘！　あいつが！」

説明を受けて、奈良は改めて黒スーツの女、空論城を睨み付ける。一方、視線を向けられている当の本人は、不思議そうに奈良の方を見返して、

「うーん？　嘘の匂いにつられて外に出て来てみれば、なんだか敗さんの他に、一人知らない人が増えてるみたいっすね……まあ、どうでもいいっすけど」

と、明るい口調で呟いていた。「ええと、すみません敗さん、そして名も知らぬ美人さん。何の用があって、このマンションまで来たのか知らないっすけど……生憎ネム先生は、今取り込み中なんす。お引き取り願えないっすか？」

「……ああ、もちろん構わんぞ。海鳥東月の身柄を素直に引き渡すならな」

対照的に、刺々しい声で言葉を返す敗。

「あははっ！　やっぱそうなるっすよね～！」

返答を受けて、空論城はけらけら、と笑い声を上げていた。「ただ敗さん、誠に申し訳ないっすけど、それは出来ない相談っすね。ネム先生、なんだかあの女の子のことを気に入っちゃってるみたいなんで。ウチとしては、お二人をあの子に近づけさせるわけにはいかないんすよ～」

「………………」

「つーわけでまあ、どっちも譲れないなら——ステゴロしかないっすよね」

空論城は快活に言いながらも、こきこき、と自らの拳を鳴らす。「とりあえず、ここじ

や目立つんで、移動しましょう。ちょうどいい場所を知ってるんす。ついてきてください」

「……だ、そうだぞ奈良芳乃」

空論城の促しに、敗は真横を振り向いて、

「一応確認だが、私と羨望桜と二人がかりとはいえ、相当危険な戦いになる。奴は生身の人間相手でも容赦しない。問題ないか？」

「……はっ。そいつは愚問ってやつだね、敗」

問いかけに、奈良は無表情で、鼻を鳴らして答えていた。

「あんな奴、ちょちょいのちょいでやっつけて、すぐに枕詞ネムリの部屋に押し入ってやるさ……だから、もうちょっとだけ待っていてくれよ、海鳥」

◇◇◇◇

――そして同時刻、件のマンスリーマンションから少し離れた、とある路地裏。

「ああもうっ！　敗さんっ、脚速すぎですよっ！」

そんな悲鳴じみた声を上げつつ、でたらめちゃんは、全力で道を駆けていた。「っていうか、敗さんが速いんじゃなくて、私がトロ過ぎるだけですけどっ！」

たたたっ、という小気味のいい音を立てながら、路地裏を疾走していく彼女。ネコミミのフードが、風圧で頭から外れてしまうほどの速度ではある。

しかし、それはあくまでも『人間の少女の全力疾走』であり、敗や空論城のような、超人じみた走りではなかった。もちろん手を抜いているわけではない。彼女は、この速度で限界ギリギリなのだ。

「……あっ！」

と、そこで唐突に足を止めるでたらめちゃん。急停止の衝撃に堪えられず、彼女の小さな身体が、二、三歩前へとつんのめる。「とっ、とと……！」

でたらめちゃんはバランスを取りつつ、素早い仕草で、懐からスマートフォンを取り出していた。

「……っ！　な、なんてことでしょう！　私としたことが、完全に抜けていました！」

カタカタッ！　と慌てた様子でスマートフォンを弄り、画面に表示させたのは、とある電話番号。

番号の下には、『奈良さん』と書かれている。

「枕詞さんと全面戦争するっていうんですから、奈良さんの協力は必須の筈です……！　だというのに、私ときたら……！」

画面の番号を睨みつつ、でたらめちゃんは苛立たし気に舌を鳴らしていた。「だ、駄目ですね。あまりに想定外のことが続き過ぎて、冷静さを欠いてしまっているようです。まずはクールダウンしないと……」

彼女はぶつぶつと呟くと、すぐに番号にかけることはせず、一度視線をスマートフォンから外して、大きく深呼吸をしていた。

「すー、はー、すー。落ち着きなさい、私。大丈夫です。この程度の状況、ピンチでもなんでもありません。

……いえ、まあピンチでないというのは流石に言い過ぎですが。海鳥さんをみすみす目の前で攫われた、自らの失態を棚に上げすぎですが。今それについて深く考えるのはやめましょう。とにかく大切なのは、現状を打開することなんですから」

などと、やはり独り言を吐き続けながら、でたらめちゃんは不意に、前方の建物を見上げる。

それは高層の、マンションらしき建物だった。

「……あそこから、強烈な嘘の匂いが漂ってきます。一匹や二匹から匂い立つレベルではありません。ほぼ間違いなく、あそこでアタリでしょうね」

建物を睨みながら、でたらめちゃんは力強く呟く。

「……海鳥さん、無事でしょうか？」

そして彼女は、今度は不安げに続けていた。

「まあ、こうして私が生きている時点で、その心配はないでしょうけど……やはり心配です。一刻も早く、枕詞さんの魔の手から、あの人を救い出さないと！」

が、そんな不安を払いのけるように、でたらめちゃんはぱんっ、と片手で自分の頬を叩く。

そして今度こそ、奈良の番号に電話をかけようとして、

「――ははっ。随分と狼狽している様子ですね、でたらめちゃん」

「……………え？」

背後から唐突にかけられた声に、でたらめちゃんは、指の動きを止めていた。

そして、弾かれたように後ろを振り向く。

「…………っ!?」

「いやあ、俺は嬉しいですよ。彼女のために、必死なあなたを見ることが出来て」

「……相変わらずお前は、趣味が悪いのう、泥帽子」

そこに立っていたのは、二人組の人間だった。

一人目は、つまらなそうな顔で佇んでいる、銀髪幼女。

そして、ニヤニヤと微笑みを湛えている、泥帽子の男。

「ねえでたらめちゃん。あなた、そんなに海鳥さんのことが心配なんですか？」

そして男は、楽しそうな口調で問いかけてくる。

「まあでも、当たり前のことですよね。なにせご主人様ですから」

◇◇◇◇

それは、十年前のこと。

「――そういうわけで、結局どんな病院にかかっても、あなたの嘘を吐けない病気を治すことは、遂に出来なかったと」

殺風景な部屋の中で、若かりし泥帽子は、朗々と語っていた。

「だからあなたは、今もその病気に苦しめられていると。ここまではいいですね？」

「…………」

唖然としたように泥帽子を見つめ返すのは、ロープで椅子に縛られたままの、幼い海鳥である。

「ん？　どうしました海鳥さん？」

そんな海鳥の反応を見て、泥帽子は優しく言葉をかけてくる。「もしかして今の説明、どこか意味の分かりづらいところがありましたか？　だとしたらすみません。小学校一年生の女の子とお話しするのは、あまり慣れていないもので」

「…………い、いみわかんない」

対して、幼い海鳥が発していたのは、そんな一言だった。

「いみわかんない、いみわかんない、いみわかんない……な、なんでこのひと、わたしのこと、こんなにしってるの？」

「ははっ。それはもちろん、俺があなたを治すお医者さんだからですよ」

泥帽子は微笑んで言う。

「お医者さんなんですから、患者さんのことを詳しく知っているのも、当たり前でしょう？」

「……っ！　ば、ばかなこといわないでください！　ふつうのおいしゃさんが、こんな

『ゆうかい』みたいなこと、するわけないじゃないですか！」

「……ふむ。確かにそれはそうかもしれませんね。しかしこれが、俺なりの診療のやり方なので」

「……はあ？」

「まあ、細かいことはいいじゃないですか。一番大事なのは、あなたの病気についてなんですから、海鳥さん」

泥帽子は言いながら、海鳥の表情を覗き込むようにして、

「ねえ海鳥さん。単刀直入に言います。嘘、吐けるようになりたいですか？」

「……え？」

「もしもあなたが望むなら、俺の力で、あなたの病気を治してあげてもいいですけど」

「…………？」

告げられた言葉に、海鳥はぱちぱち、と幼い瞳を瞬かせていた。

「……ほ、ほんとうに、なにいってるんですか、あなた？　わたしのびょうきを、なおす？」

「そうですよ。そのために俺は、あなたをここまで誘拐してきたんです。嘘を吐けずに苦しんでいるあなたに、どうしても幸せになってほしくてね」

「…………!?」

「……おや、嬉しくありませんか？　こう言えば、あなたはきっと、とても喜んでくれる

ものと思っていたのですけど」

「……だ、だから、ぜんぜんいみがわからないです！」

ぶんぶんっ、と首を左右に振り乱して、幼い海鳥は叫んでいた。「ま、まずあなたがだれなのか、よくわからないし！　わたしに、こんなことしてるじてんで、『はんざいしゃ』で、わるいひとだし！

……そ、それに、そんなのできるわけないし！　わたしのびょうきを、なおすとか！」

「……ほう、出来るわけないですか」

泥帽子は怪しく微笑んで、「まあ、確かにそれは、すぐに信じられなくて当たり前でしょうね。しかし海鳥さん。まずは出来る・出来ないの前に、あなたの気持ちを聞かせていただけませんか？」

「…………え？」

「あなたは病気、治したいですか？　嘘を吐けるようになりたいですか？」

「…………」

「ん？　どうなんです？」

「……そ、それはもちろん、なおしたい、ですけど」

問い詰められて、海鳥はおずおずと答えていた。「なおしたくない、わけ、ないじゃないですか……！」

「なるほど、気持ちは強いと」

泥帽子は満足そうに頷いて、

「ちなみに、それは何故です？」

「……だ、だって、うそつけないって、すごくしんどいし。ともだちとか、ぜんぜんできないし。くらすのこ、だけじゃなくて、せんせいからも、きらわれるし」

「なるほど、先生からも。それは大変でしょうね」

「……う、うそつけないって、わかったのは、わたしが3さいくらいのときの、はなしで。わたしはそのときのこと、あんまりおぼえてないけど。なんでうそつけないのかって、りゆうがわからないのも、きもちわるいし」

「確かに。なんであれ理由が分からないのは怖いですよね」

「…………でも、いちばんいやなのは」

　と、そこで幼い海鳥の表情が、一気に曇る。

「……おかあさんに、めいわくがかかることで」

「……ふむ、お母さん。海鳥満月さんのことですね。何故お母さんに、迷惑がかかると思うんです？」

「……む、むすめのわたしが『へん』だと、おかあさんまで、『へん』だとおもわれちゃうから」

　消え入りそうな声で海鳥は言う。「た、ただでさえおかあさん、きんじょのひとたちから、『ちょっとへんなひと』って、おもわれてるのに……」

「おや。『ただでさえ』とは、海鳥さん。6歳にしては難しい言葉を知っていますね。そして『ちょっと変な人だと思われている』ですか」

「……っ！　ほ、ほんとうはちがうの！　おかあさん、『へん』でもなんでもないの！　もしかしたら、ちょっとだけ『かわってる』ところは、あるかもしれないけど……でも、わたしは、おかあさんのこと、ほんとうにだいすきで！」

「………………」

「だ、だからわたしは、おかあさんの、みかたになってあげたくて……！　く、くらすのこたちからよく、『あなたのおかあさん、へん！』って、よくばかにされるけど……！　わたしもいつも、『でも、わたしのおかあさんのほうが、わかいし、きれいだよ！』って、いいかえしてて……！」

「ははっ。確かにそんなことを言っていれば、友達なんて出来っこないでしょうね」

「……で、でも、わたしにともだちができないせいで、おかあさん、すごくしんぱいしてて」

わなわな、と小さな両肩を震わせる海鳥。

「だけど、うそつけないのに、ともだちなんて、できっこないから……わ、わたし、おかあさんのこと、あんしんさせて、あげられなくて……ごめんなさいってきもちで、いつも、いっぱいで……」

「……なるほど、なるほど。本当にお母さん想いの良い子なんですね、海鳥さんは」

泥帽子は感心したような口調で言う。

「嘘を吐きたいというのも、自分のためではなく、あくまでお母さんを安心させてあげたいからですか。いやあ、素晴らしい。その年で、よくそんな親孝行なことを考えられるものですよ」

「…………」

「あなたのお母さんは、確かに少しだけ変わり者なのかもしれないですけど、しかし娘に注いでいる愛情は、間違いなく本物なのでしょうね。そうでなければ、いくら実の親子といえど、そこまで娘から愛されるとは思えません。

　そして、そんなお母さんに育てられたからこそ、あなたの心根もまた、そんなにも真っ直ぐなのでしょう。あなたほど他人への思いやりに溢れた女の子は、滅多にいないと思いますよ」

　と、泥帽子はそこまでは、優しい口調で告げていたが……不意にその表情から、笑みを引っ込めて、

「……本当に。よくもまあ、ここまで思い通りに事が運んだものです。育成大成功じゃないですか」

「…………え？」

「――ふふっ。ええ、海鳥さん。今の話を聞いて、あなたが嘘を吐けないせいで困っているということは、とてもよく分かりました。

「でもそれ、全部嘘ですよね？」

「…………は？」

途端、幼い海鳥から、表情が消えていた。

怯えも、警戒も、興奮も、何もかもが消え失せていた。

彼女はただただ真顔になって、目の前の男を、ぼんやりと見つめ返す。

「おや、どうしました海鳥さん？　言葉の意味が分かりませんでしたか？」

泥帽子は、優しい口調で告げてくる。

「あなたのその『嘘を吐けない』という病気こそ、真っ赤な嘘だと言っているんです。あなたは嘘が吐けないのではなく、嘘を吐けない振りをしているだけ。そういう風に、周りを騙してきただけ。違いますか？」

「…………」

「どんな病院にかかっても、原因が分からなかったというのも、だから当然の話なのです。最初から、全部嘘だったんですから。そんな病気、最初から存在しないんですから」

「…………」

「……いえ、嘘という言い方は、流石に少し可哀想かもしれませんね」

そこで泥帽子は、思案するように眉をひそめて、

「要するに、『媚び』なんでしょう、それ？　あなたのお母さんに対する」

「…………っ⁉」

「だって海鳥さんは、お母さんから、毎晩のように聞かされてきた筈ですもんね。『嘘吐きが憎い』。『私がこんなに不幸になったのは、あの悪魔のような嘘吐きのせいだ』。『あなたの父親のせいだ』。『だから私は、嘘吐きを許せない』。『お願いだから東月。あなただけは、あんな嘘吐きにはならないで』って」

「…………」

歌うような泥帽子の言葉の羅列に、衝撃を受けたように、目を見開く海鳥だった。

「……ちょっとまって。なんで、それ？」

「ふふっ。そんなお母さんの呪いの言葉は、海鳥さんにとっては、まさしく恐怖だったに違いないでしょうね」

泥帽子は尚も畳みかけてくる。

「海鳥さんは、お母さんのことが大好きなんですから。そのお母さんが大嫌いな嘘吐きになんて、絶対になりたくないわけです。お母さんに嫌われてしまいますからね」

「…………」

「しかし可哀想なことに――あなたは自分が嘘吐きにならないと、お母さんに嫌われないと、自信をもって言い切ることが出来ないんです。何故って、あなたの身体の半分は、その悪魔のような嘘吐きで出来ているわけですから」

「…………」

「まだ幼いあなたが、その辺のことをどこまで理解できているのかは分かりませんが……なんにせよ、3歳のときに、あなたはそれに気づいてしまった。だからあなたは、嘘を吐くことを決めた。お母さんに嫌われないために。お母さんの大嫌いな、嘘吐きにならないために」

「──ちっ、ちがう！」

と、そこで堪えかねたように、海鳥は叫んでいた。

「ちがうっ！　ちがうっ！　ちがうっ！　ちがうっ！　ちがうもんっ！」

「……違う？　なにがです？」

「う、うそなんかじゃない……！　わたしは、ほんとうに、うそがつけないの……！」

今にも泣きそうな顔で、海鳥は喚く。

「わたしはおもったことしかいえないの……！　そういうびょうきなの……！　う、うそなわけがないでしょ……!?　だってわたし、うそがつけないんだから……！」

「……いいんですか、海鳥さん？　そんなことを言って」

「……えっ？」

「もしもその嘘がばれたら、あなたは本当に、お母さんに嫌われてしまいますよ？」

「…………っ!?」

その一言を聞いた瞬間、海鳥の表情は、更に引きつっていた。

「…………あ、あ、あ」

「お母さん、きっと悲しむでしょうね。嘘を吐けない、天使のような我が子が――父親とは似ても似つかないと信じていた愛しの東月が、実はずっと自分を騙していた、薄汚い嘘吐きだと知ったら」

「…………」

「ショック過ぎて、立ち直れなくなるかもしれません。そして思うことでしょう。『ああ、やっぱり東月の半分には、私の大嫌いな男の血が流れているんだ』と」

「…………う、う、うううううっ」

　ぽろ、ぽろ、ぽろ、ぽろ。

　そこで我慢の限界を迎えたという風に、海鳥のまぶたから、涙が溢れていた。

　大量の水滴が、彼女の頬を伝い、足元の地面へと垂れていく。

「……いやっ！　そんなのやだっ！　ぜったいに！　ぜったいに！」

「…………」

「わ、わたしは、おかあさんのむすめなんだもん……！　おかあさんにひどいことした、そんなひとのむすめなんかじゃ、ないんだもん……！」

「…………」

　そんな風にすすり泣く海鳥を、泥帽子は、真顔で見つめている。

　そして彼は、ゆっくりと口を開いて、

「――助けてあげましょうか？」

「……え？」

その一言に、弾かれるように顔を上げる海鳥。

泥帽子は、聖人のような眼差しで、彼女を見ていた。

「お母さんに、絶対に嫌われないようにしてあげましょうか？　俺の力なら、簡単にできますけど」

「…………は？」

海鳥は、ぱちぱち、と目を瞬かせて、

「……な、なにいってるんですか？　そんなこと、できるわけ」

「いいえ、それができるんですよ」

泥帽子は、自信たっぷりな口調で言う。

「あなたの嘘を、本当にしてしまえばいいんです」

「ふう。これで一段落ですね」
その後。
日も暮れた住宅街の一本道を、泥帽子は一人で歩いていた。
夕方、下校途中の6歳海鳥に声をかけたのと、同じ道である。

「ひとまずここまでは順調。今日から最低でも、数年は様子見でしょうか……ん？」

と、そう呟いたところで泥帽子は、突然目の前に現れた人影に、その足を止める。

佇んでいたのは、銀髪幼女だった。

「…………」

彼女は腕を組み、無言のまま、泥帽子を見つめてきている。

明らかに、何かもの言いたげな眼差しである。

「おや、白薔薇さんじゃないですか」

そんな幼女——白薔薇の視線を受けて、泥帽子は、いつもの嘘くさい微笑みを返していた。「わざわざ俺のことを待っていてくれたんですか？　だとしたら遅くなってすみませんでしたね。思いの他、『彼女』との会話が弾んでしまったもので」

「…………」

「そういえば、さっきは助かりましたよ。白薔薇さんが彼女の意識を乗っ取ってくれなければ、俺は危うく、不審者として通報されてしまうところでした」

「……のう、泥帽子よ」

そんな泥帽子の言葉を無視して、白薔薇は語り掛けていた。

「流石に、説明してもらえるんじゃろうな？」

「…………」

「ここまで協力してやったんじゃ。わしには説明を受ける権利がある筈じゃ。今のままでは、あまりに訳が分からん過ぎて、わしも帰るに帰れんぞ」

「……ええ。それはそうでしょうね」

泥帽子はこっくり、と頷いて、

「協力を依頼した時点で、俺も最初からそうするつもりでしたよ。どうぞ、なんでも訊いてください。具体的に、何が分かりませんか？」

「……そうじゃな」

そんな泥帽子の呼びかけに、白薔薇は、思案するように眉をひそめて、

「まず訊きたいのは、当然じゃが、あの黒髪の女の子のことじゃ……単刀直入に尋ねるが、あれは、お前の娘なのか？」

「………………」

そんな端的な白薔薇の問いに、泥帽子は、苦笑いを浮かべていた。

「……ははっ。いやいや白薔薇さん。急に何を言い出すんですか？　冗談キツいですよ」

「……はあ？　冗談？」

「俺とあの女の子の顔、ほんの少しでも似ていると思いますか？」

泥帽子は言いながら、自らの顔をとんとん、と指で叩いて、

「俺はあんな可愛い顔じゃないですって。白薔薇さんもよく知っているようにね。少なくとも俺と彼女を見比べて、そんな想像をする人はまずいないでしょう。それくらい、顔の造りがかけ離れていますよ」

「……まあ、確かにの」

泥帽子の顔を眺めて、頷く白薔薇。

「では、お前とあの女の子は、親子でもなんでもないということじゃな？」

「ええ、遺伝子的にはね。実質的には、そうでないとも言い切れないかもしれませんが」

「…………は？」

「──ねえ白薔薇さん。実は俺、ずっと前から、どうしても実験してみたいことがあったんですよ」

泥帽子は微笑んで言う。「嘘の世界に存在する、たった一つの矛盾を突く。そういう、極めて痛快な実験なんですけど」

「……さっきから何を言っておるのじゃ、お前？」

「ふふっ、分かりませんか？　白薔薇さんともあろうお方が、それに引っ掛かったことがないというのは、少し意外ですね。ちなみに俺が気づいたのは、つい数年前ですが」

「…………??」

「まあ、それほど特別なきっかけがあったわけでもありません。〈泥帽子の一派〉なんてものを立ち上げてから、早数年。来る日も来る日も、数えきれないほどの〈嘘憑き〉の背中を押してきましたが……そんな極上の日々を送る中で、ふと疑問に思う瞬間があったんですよ。

万が一、嘘を吐けない〈嘘憑き〉なんてものがいたとしたら、どうなるんだろうって？」

「……嘘を吐けない〈嘘憑き〉じゃと?」

訳が分からない、という表情の白薔薇。「なんじゃそれは？　どういう意味じゃ？」

「そのままの意味ですよ」

泥帽子はにこやかに答える。「白薔薇さんもご存知の通り、〈嘘憑き〉とは嘘を吐くことで、世界を思うがままにねつ造してしまう存在です。反対に、嘘を吐くのを辞めてしまえば、世界も元に戻ってしまう。これは嘘の世界に存在する、唯一にして絶対的なルールです。

ただ……もしも嘘を吐けない〈嘘憑き〉なんてものがいたとしたら。その唯一絶対のルールに、矛盾が生じてしまうと思いませんか？」

「…………ん?」

白薔薇は尚も戸惑った様子で息を漏らす。

「待て待て。だから、さっきからずっと何の話をしておるのじゃ、お前？　嘘を吐けない〈嘘憑き〉？　そんな奴がこの世におるのか？

そもそも矛盾しておるではないか。〈嘘憑き〉は嘘を吐いて〈嘘憑き〉になるのじゃぞ？

嘘を吐けん人間は、どうやっても〈嘘憑き〉にはなれん」

「そうでしょうか？　少なくとも、俺はそうは思いませんけどね」

「なに?」

「確かに普通に起こり得ることではないでしょう。ですが物理的にあり得ないというほどでもありません。なぜなら嘘の世界に、あり得ないなんて概念はないのですから」

　諭すような口調で、泥帽子は語り掛けていく。

「たとえば、こう考えてみてください。もしも嘘を吐けない〈嘘憑き〉なんてものが実在するとして。その〈嘘憑き〉は、一体どんな嘘を吐いたのかって」

「…………」

　そんな泥帽子の問いかけに、白薔薇はしばらくの間、黙り込んだ。

　だが、それほど当惑しているという様子でもない。

　どうやら彼女は、今の泥帽子の一言で、全てを理解出来たらしい。

「……私は嘘を吐けない、か？」

　やがて白薔薇は、そう答えていた。

「なるほど。確かにそういう嘘を吐いたのなら、そいつは嘘を吐けんじゃろうな。〈実現〉嘘はどんな願いでも叶えてくれる。それがたとえ、嘘を吐きたくないという願いであったとしても、例外ではない」

「ええ、正にその通りです。流石は白薔薇さん、理解がお早い」

「……しかし、言わんとすることは分かったが。そんな〈嘘憑き〉がおったとして、具体的になにがどうなるのじゃ？」

　白薔薇は怪訝そうに尋ねていく。「嘘の内容がどうであっても、嘘を吐けない〈嘘憑き〉は、〈嘘憑き〉でいられない、という前提条件は変わらんじゃろう？　普通に考えるなら、そいつは〈嘘憑き〉になった次の瞬間に、もう〈嘘憑き〉ではなくなっている、というだけの話のように思えるが……違うのか？」

「ええ。まあ、普通に考えたらそうなりますよね」

泥帽子は素直に頷いて、「でも、俺はそうならないんじゃないかって思ったんです。正確には、そうじゃなかったら面白いんじゃないか、ですけど。

しかしそんなもの、ただ考えているだけでは、答えなんて分かる筈もありません。実際に実験して、結果をこの目で見ないことには、ね」

「…………」

「問題は、そんな〈嘘憑き〉が、都合よくこの世に存在してくれているわけもない、ということでした。まあ当たり前ですよね。人間が普通に生きていて、『私は嘘を吐けない』なんていう嘘、まず吐く筈ないんですから。〈泥帽子の一派〉内にも、そこまで奇矯な〈嘘憑き〉は、流石に在籍していません」

「…………」

「だから俺は、天然ではなく養殖で、そういう〈嘘憑き〉を作ってしまうことにしたんです。とはいえこれも、そう簡単なことではありません。確かに俺には不世出の催眠術の才能がありますが、それはあくまでも『背中を押す』だけの能力ですから。『そうなりそう』もない人間を、無理やり目当ての〈嘘憑き〉にすることは出来ないのです」

「……つまり、『そうなりそう』な人間を、どこかから見繕ってくる必要があったと」

泥帽子の説明を、白薔薇は先回りする。

「そのために、あの娘の両親を利用したと。そういうことか？」

「……ふふっ。まあ、ここまで話せば、誰でも察しはつきますよね」

泥帽子は肩を竦めつつ答えていた。「とはいえ、別のあのカップルでなくても良かったんです。とにかく思い込みが激しくて、精神的に不安定な女。そして、そんな女性の弱さに付け込む、軽薄で冷酷で非道な男。そんな男女の組み合わせ、わざわざ仕立てるまでもなく、この世の中には掃いて捨てるほど存在していますからね」

「…………」

「作業そのものは、欠伸が出るほどに簡単なものでしたよ。ほんの火遊び程度で済ませるつもりだった彼氏くんの方の背中を、押しに押して、取り返しのつかない事態を引き起こさせるだけだったので。

目論見通り、海鳥満月さんは一生消えない心の傷を負い、また嘘吐きを激しく憎悪するようになりました。自分の人生が不幸になったのは、全て嘘のせいであると思い込むようになりました。そしてその思想を、ご丁寧に、自分の愛娘に吹き込んでくれました」

「…………」

「本当に、何もかもが俺の思い通り過ぎて、怖いくらいですよ。さっき海鳥東月さんの仕上がりっぷりを見たときは、思わず総毛立ちました。あんな風に娘を育ててくれて、海鳥満月さんには、なんとお礼を申し上げたらいいか分かりません」

「……というか、流石に上手くいきすぎではないか？」

白薔薇は釈然としなそうに口を挟んでいた。「最初にカップルを突くまではいい。じゃが、その後に女の方が『嘘』を憎むようになるか、その思想を我が娘に吹き込むようになるかは、完全に運次第じゃろう？　正確なところは分からんが、ここまでお前の思い通りの形になるのは、精々百回に一回とか、そのくらいの確率じゃと思うが」

「ええ。それは確かにそうですね」

対して、泥帽子は素直に頷いて、

「ですから当然のごとく、母数は増やしましたよ」

「…………は？」

「え？　まさか白薔薇さん、俺が人生を滅茶苦茶にした女性が、海鳥満月さんだけだと思っているんですか？」

あっけらかんとした口調で、泥帽子は尋ね返す。

「いやいや、流石の俺も、そこまで楽観的じゃありませんってば。海鳥東月さんのようなケースは、まさしく奇跡みたいなものなんですから。数を撃つのは、ほとんど前提みたいなものですよ」

「…………」

「さっきも言ったでしょう？　そんな男女の組み合わせ、わざわざ仕立てるまでもなく、この世の中には掃いて捨てるほど存在しているって」

「………なるほどの」

ため息まじりに、白薔薇は頷いていた。「よう分かったわ。確かに、その話が本当なら、お前はあの娘の父親では絶対にないのじゃろうな。

しかし泥帽子よ。今の話を踏まえた上で、一つだけ言わせてもらってもええか？」

「……？　なんでしょう？」

「お前、本当にクズじゃの」

冷めた口調で、白薔薇は言う。「とっくの昔から知っておったし、今さら言うことでもないじゃろうが、それにしても今回のお前の所業は、完全にラインを越えておる。そのくだらん実験とやらのために、一体どれだけの女を不幸にした？　そのことについて、お前は本当になんとも思わんのか？」

「…………」

「……まあ、そんなお前と仲良くつるんでおる時点で、わしも言えた義理ではないが」

微笑んだまま言葉を返さない泥帽子に、白薔薇はくたびれたように息を吐いて、

「で？　その実験とやらは、どうやら無事成功したようじゃが。お前はこの先、具体的にどういうことが起こると思っとるんじゃ？　どうせ大まかな予測は、今の時点で立てておるのじゃろう？」

「……予測、ですか。そうですね」

そこで泥帽子は、なにやら思案するように、自らの顎に手を回していた。「まあ、完全

な俺の憶測でよければ、今の段階でもお話しできることはありますね。

まず、『今日生まれた嘘』についてですが……『彼女』は恐らく、他の嘘とはまったく違う、『ある能力』を持っているのではないかと」

「……『ある能力』？　なんじゃそれは？」

「嘘を食べることが出来る、という能力ですよ」

「……はあ？」

ぱちぱち、と目を瞬かせる白薔薇。

「嘘を食べる、じゃと？」

「ええ、食べるんです。俺たち人間が、他の生物を食べるのと、同じようにね」

泥帽子は微笑んで答える。「あくまで理屈で考えるなら、ですが。嘘を吐けない自分のご主人様からエネルギーを補給できないと、最初から決まっているのであれば、『そういう機能』が生まれつき備わっていたとしても、何も不思議はないでしょう？」

「……確かに。そうでもせんと、その嘘はすぐに死んでしまうわけじゃからの」

白薔薇は納得したように頷いて、

「とはいえ、他の嘘を食い物にする嘘など、今まで見たことも聞いたこともないが」

「そしてもう一つ。その嘘は恐らく、『死』を恐れるという特性も持っている筈です」

尚も言葉を続けていく泥帽子。単なる憶測を語っているというわりに、その口調には、ある種の確信が込められているようだった。「本来嘘とは、そういう生き物ではありませんが。その嘘の場合は、そういう動機付けでもないと、他の嘘を食べようとは思わないでしょうから。やはり俺たち人間と、同じ理屈でね」

「……ふむ。死を恐れ、生きるために他を食い物にする嘘、か。本当に人間みたいな嘘じゃな、そいつ」

「まあ、俺たち人間と違うのは——その嘘が生きようとするのは、決して自分が生きるためなどではなく、ご主人様を不幸にするため、という点ですけどね。

その嘘が生き続けるということは、自分の御主人様が、ずっと嘘を吐けないままだということ。自分のご主人様が、ずっと不幸なままだということです。どれだけ救いがなくとも、その構造が覆ることはありません。だってその嘘は、そのためだけに生まれてきたんですから」

「…………」

「きっとご主人様の方の頭からは、『自分は本当は嘘を吐けていた』という記憶すら、綺麗さっぱり消え去っていることでしょうね。もちろんそのせいで、彼女のこれからの人生は、間違いなく地獄と化すでしょうが。しかしどれだけ嘆いても、彼女の元に嘘が帰ってくることはありません。彼女の嘘が、どこかで生き続けている限りは」

「…………」

「しかしその嘘は、どれだけご主人様に申し訳なく思おうと、自分の宿命を呪おうと、決して自分から命を絶つことは出来ないのです。そういう機能が、最初から備わっていませんから。だからこの先も、ずっとずっと生に執着していくことでしょう。誰にも守ってもらえず、たった一匹で」

「……待て泥帽子」

そこで白薔薇は口を挟んでいた。「お前の語っている理屈はもっともじゃが……そこまで予測がついているなら、わざわざ実験などせんでも良かったのではないか？」

「……え？」

「分かり切っておる結果など、面白くもなんともないじゃろう。それとも、自分の予想通りの結果になれば、お前は満足できるのか？」

「……はあ？　いや、何を言い出すんです白薔薇さん？」

泥帽子はふるふる、と首を左右に振って、

「俺が本当に見たいのはね。そこから先、なんですよ」

「…………？」

「気になりませんか？　嘘を奪われた海鳥東月さんと、今日彼女から生まれた嘘。彼女たちがこの先過ごす人生は、きっと他の誰とも違う、非常に数奇で奇妙なものになることでしょう。だからこそ、俺はそんな彼女たちの、行く末が見たい」

彼は、心から興奮したような口調で、そう告げるのだった。

「彼女たちがこの先、課せられた宿命に対して、一体どんな答えを出すのか……それをこの目で目撃する日が、俺は楽しみでなりませんよ」

7　でたらめちゃんについて⑦

「しかし奈良(なら)さんは、素晴らしい〈嘘憑(うそつ)き〉ですよね」

マンションを見上げつつ、泥帽子は言う。

「奈良芳乃(よしの)さん……彼女のことは当然、中学の頃からずっとマークしてきましたが。今の彼女は、当時よりもよほど魅力的ですよ。かつての奇矯さはそのままに、〈嘘憑き〉としてはおよそ考えられないほどの社会性を身に着けてみせたんですからね」

そう独りでに語る泥帽子の声音は、うっとりと恍惚(こうこつ)したようなそれだった。

「枕詞(まくらことば)さんのような社会性の欠片(かけら)もない〈嘘憑き〉もそれはそれで最高ですが、俺としては、奈良さんのような変わり種も評価したいですね。中学時代から目を見張るような変貌を見せた彼女が、この先またどういう風に変化していくのか、俺は楽しみでなりませんよ」

「…………」

そして、そう語る泥帽子を、でたらめちゃんは無言で見つめている。

睨(にら)み付(つ)けている。

その口元には、いつもの悪戯(いたずら)っぽい笑みなど、欠片も浮かんでいない。

「……のう、泥帽子よ。一応言っておくが、わしは今回、バトルは御免こうむるからの」

と、泥帽子の傍らで、面倒そうに口を開いていたのは白薔薇だった。

「今のわしは、綺羅々と遊ぶのにそれなりに神経を使っておる。あまりこっちに意識を割きとうない。それはもちろん、お前の身になにかしらの危険が及びそうなら、わしもボディーガードとしての役目を果たすが」

「いえいえ、ご心配には及びませんよ白薔薇さん」

泥帽子はふるふる、と首を左右に振って、

「俺は今度こそ本当に、彼女に話したいことがあって、この場にやってきただけです。バトルなんて、そんな展開にはなりようもありません」

「……話したいこと？」

でたらめちゃんは、険しい顔つきのままで口を開く。「なんですかそれ？　そんなもの、仮にあなたの方にあったとしても、私にはこれっぽっちもないんですけど？」

「ははっ。これは随分とつれないことを言うものですね、でたらめちゃん」

泥帽子は苦笑いを浮かべて答える。「でも、そう邪険にすることないじゃないですか——せっかく久しぶりの、父と娘の再会なんですから」

「…………は？」

途端、ただでさえ刺々しかったでたらめちゃんの目つきが、更に鋭さを増していた。

彼女は、なにか信じられないものを見る目で、泥帽子を凝視する。

「……今、なんて言いましたお前？　父親？　父親ですって？」

「何も間違ってはいないでしょう？」

にこやかに泥帽子は言葉を返していた。「確かに遺伝子的には、俺たちは赤の他人、どころか同じ生物ではないかもしれませんけど。実質的にはあなたたちは、俺の娘のようなものですよ。なにせ、俺がいなければ、あなたたちは二人とも、この世に生まれてくることはなかったんですからね」

「……よくもまあ、そんな戯(たわ)けたことを抜かせたものですね。お前、本当に人間ですか？」

「ええ、一応そのつもりですが」

怒りを押し殺したような声音で問いかけられても、泥帽子の飄々(ひょうひょう)とした態度は、まるで崩れない。「まあ、別になんでもいいですけどね。そんなことより、さっさと本題に入りましょう。

ねえでたらめちゃん。今日の最後に訊(き)かせてほしいんですけど。あなた、結局なんで、俺たちを裏切ったんですか？」

「…………はあ？」

「どうしても、それだけ訊いておきたいんですよ。それについてだけは、考えても考えても、理屈がさっぱり分からないので」

泥帽子は肩を竦(すく)めて、

「少なくとも、あなたが表向き語っている裏切りの理由。あれは、真っ赤な嘘(うそ)ですよね？」

「…………」

「ええと、なんでしたっけ？　俺たち〈泥帽子の一派〉は『社会悪』であり、いずれ人類を滅ぼす可能性すらあるから、でしたっけ？」

「…………」

「いえ、まあ、それもまるっきりの出鱈目とは思いませんけどね。実際、その杞憂は当たってもいますし。目先のことではなく、先々のことまで考えたとしたなら、あなたが俺たちに反旗を翻すことを決意するというのも、まあ当然の帰結と言えます」

「…………」

「でもね、でたらめちゃん。やっぱりそれはおかしいんですよ」

泥帽子は、確信を込めた口調で言うのだった。

「だってあなたには、先々のことなんて、考えられる筈ないんですから」

「…………」

「あなたの頭の中にあるのは、どんなときでも、目先の利益だけ。『今日、死にたくない』という、切実かつ安直な欲求でしか、行動を決定できない。明日自分がどうなっているか、十年後自分がどうなっているかなんて、ほとんど考えたこともない。

いえ、考えることが出来ない、というべきでしょうか。だって、もしも十年先のことを考えることが出来るなら、あなたはとっくに自殺をしていないとおかしいですからね」

「…………」

「ただ生きているだけで、ご主人様に迷惑をかけてしまう。というか、生きてご主人様に迷惑をかけることだけが、唯一の存在理由。ご主人様から嘘を奪い続けるためだけに、ただ生き続けている。生きていても無意味なのに、死ぬのが怖いから、生き続けている――

あなたに課せられた宿命というのは、本当に過酷そのものですよね」

泥帽子は、心から気の毒そうな口調で言うのだった。まるで他人事のように。

「だからこそ、俺には分からないんです。ただ今日を生きることしか考えられない筈のあなたが、なぜ俺たちを裏切るなんていう、自殺行為そのものの暴挙を働くことが出来たのか？　考えても考えても、答えが出て来ません。あなたには絶対に、メカニズム的に、そんなことは不可能の筈なのに」

「………本当に？」

と、そこででたらめちゃんは、ゆっくりと口を開いていた。

「本当に、分からないんですか？　私が、なぜあなたを裏切ったのか？」

彼女は、底冷えするような声で問いかける。

「私が裏切る前の日――私に嬉々として語った内容すら、あなたは覚えていないと？」

「……前の日？」

泥帽子は、怪訝そうに首を傾げて、「……ああ。もしかして、俺がでたらめちゃんとの『本当の関係』について、あなたに教えてあげた件のことですか？」

「…………っ！」

「ええ、それはもちろん覚えていますとも。なにせ十年越しの秘密を打ち明けたわけですからね――で、それがなにか？」

「……それがなにか⁉　それがなにかですって⁉」

いよいよ我慢の限界という風に、でたらめちゃんは声を荒らげて、

「それ以外に、何かあると思いますか⁉　私の裏切りの理由が！　あんなことを訊かされて、あなたを憎まない嘘がいると、本気で思うんですか⁉」

彼女は両肩を小刻みに震わせながら、泥帽子を睨み付ける。「というより、最初から知ってさえいれば、仲間になんてなりませんでしたよ……！　私たちをこれだけ苦しめてきた、『元凶』の仲間になんか……！」

「…………」

「私が決意を固めたのは、あなたに事実を聞かされた、次の瞬間ですよ！　絶対に、お前だけは許さないって！　そのためなら、命だって賭けてもいいって！」

「……分かりませんねぇ」

が、泥帽子は相変わらず平然とした態度で、ふるふる、と首を振り返す。

「やっぱりそれでは、どう考えても辻褄が合いませんよ、でたらめちゃん。確かに事実を聞かされたあなたが、俺を恨むというのは分かる話ですが。しかし何度も言うように、あなたはそんな程度の理由で、命を懸けるなんて真似は絶対に出来ない筈の嘘なんです」

「…………」

「俺に今さら復讐を果たしたところで、あなたのお腹が満たされるんですか？　違いますよね？　むしろどれだけ憎い相手でも、今日食いっぱぐれずに済むのなら、喜んで尻尾を

振るのが、あなたという嘘の在り方の筈でしょう？」

「……だから、知りませんってば」

　と、そんな泥帽子の再三の問いかけに、でたらめちゃんは、うんざりしたような言葉を返していた。「何を言われようと、とにかく私はそう決意したんですから、それ以外に答えようがありません。それでも辻褄が合わないというなら、それは単純に、お前の認識の方が間違っているだけなんじゃないですか？」

「……なんですって？」

「だってお前、知らないでしょう？」

　でたらめちゃんは鬱陶しそうにいう。「私が今日まで、どれだけ自殺したいと思ってきたか。どれだけ生に絶望して、どれだけ死を渇望してきたか」

「…………」

「毎日、毎日、意味もないのに他の嘘を食い物にして。必死に一日を生き延びて、けれど誰も褒めてはくれなくて。私が一日生き延びるということは、遠くで暮らす私のご主人様が、今日も嘘を吐けないままということを意味していて。毎日のように申し訳ない気持ちでいっぱいになって、毎日のように死のうと試みていましたよ。まあ、怖くて怖くて、とても実行には移せなかったですけど」

「…………」

「……だからまあ、そこに無理やり理屈をくっつけるとするならね。多分『エラー』を起こしたんですよ、私は」

でたらめちゃんは、自嘲気味な口調で言う。「『死にたい』という積年の強烈な想いが、『死にたくない』という私の嘘としての本来の機能を、上回ってしまったんです」

「…………はあ？」

そこまで聞き終えて、泥帽子は、呆気に取られたような声を上げていた。

「『エラー』を起こした？　なんですそれ？　そう言い切れる根拠はどこに？」

「ですから、そんなもの知りませんってば。別に私は、お前を納得させるために行動しているわけじゃないんですから」

でたらめちゃんは鼻を鳴らして言う。「むしろお前にとっては、喜ばしい展開なんじゃないですか？　私が、自分の予想外の行動を取ってくれて。こういう『結果』をこそ、お前は面白いと思うんですよね？」

「……いえまあ、それはそうですけど」

泥帽子は、尚も釈然としなそうに息を吐いて、「ただ、百歩譲ってその理屈で納得するとして、まだ分かりませんね。そんなに自殺したいなら、別に今すぐにでも自殺をすればいいじゃないですか。わざわざ〈泥帽子の一派〉を潰そうとする理由はなんです？」

「…………」

「どころかあなたは、その危険極まりない戦いに、『ご主人様』すらも巻き込んでいます。彼女にもしものことがあれば、あなたが死ぬ意味もなくなりますよね？」

「………確かに、それはそうですね」

でたらめちゃんは頷いて、「ただ、それについても、やはり仕方のない話なんですよ、泥帽子。とにかく私が死ぬ前に、お前たちをどうにかしておかないと、私のご主人様が危ないことには変わりないんですから」

「……？」

「私には確信があるんです――仮に私が死んだとして、残ったあの人に対して、あなたはなにかするでしょう？」

でたらめちゃんは、鋭い目で泥帽子を睨み付ける。

「お前にとってあの人は、お気に入りのおもちゃそのものです。私というおもちゃが壊れた後、お前があの人を使ってどんな邪悪な『実験』を考えるか、想像しただけでも怖気が走りますよ」

「………ふむ」

泥帽子は、真顔になって頷き返す。「中々鋭いところを突きましたね、でたらめちゃん。確かにそれはその通りかもしれません。

彼女は彼女で、俺が手ずから生み出した、最高に面白い素材の一つです。そのまま普通の人生を送らせるには、あまりにも惜しい」

「……でしょう？　だから私は、戦うことを決めたんですよ」

でたらめちゃんはため息を吐いて、「これはあくまで、ご主人様への贖罪なんですから。

最後まできっちりやり切らないと、私も死ぬ甲斐がありません……まあ、ただ単に〈泥帽子の一派〉が憎いから、〈泥帽子の一派〉を道連れにしてやりたいからという動機が、自分の中に一切ないとも言いませんけど」

「…………」

「もちろん、彼女を巻き込むことへの抵抗は相当ありましたが、選択の余地がないことも事実でした。〈泥帽子の一派〉に立ち向かう上で、彼女の〈嘘殺し〉の才能は、絶対に必要不可欠なものでしたから」

「…………」

「ちなみにあの人には、真相は何一つ告げていません。彼女は人が良いですから」

でたらめちゃんは言いながら、後方にそびえる、マンスリーマンションを見上げる。

「私がかつて語った表向きの理由を、そのまま信じていると思います。全てを知ったら、流石の彼女も怒るかもしれませんね」

「…………」

「ただまあ、そこは交換条件を提示することで、どうにか許してもらうことにしますよ。最終的には、彼女に損のないようにします。仮に私が〈泥帽子の一派〉に敗れたところで、彼女に嘘が戻ってくるというのは変わりません。

そして、仮に〈泥帽子の一派〉に勝ったとして、彼女に嘘が戻ってくるというのも、また変わらないのです」

「…………なるほど」

　そこで、やや驚いたように、声を漏らす泥帽子だった。

「つまり勝っても負けても死ぬつもり、というわけですか、でたらめちゃんは……確かにそれなら、海鳥さんとの約束を破ることにはならないでしょうが」

「気に入りませんか？　私がそんな、自分から死を選ぶような真似をするのが」

　でたらめちゃんはいつの間にか、なにやら勝ち誇ったような笑みを浮かべていた。

「お前の見立てでは、常に生に執着し続ける私に、そんなことは出来ない筈ですからね。でも残念ながら、これが私の選択です。物事がなにもかも、お前の思い通りに運ぶとは思わないでください」

「…………」

「せいぜい覚悟してください、泥帽子。私はお前のなにもかもを台無しにしてやります。〈泥帽子カップ〉だかなんだか知りませんが、それだって失敗に終わらせます。私と海鳥さんの二人の力でね」

「…………」

　そんなでたらめちゃんを、泥帽子はしばらくの間、じっと見つめていた。

　心の底から興味深そうに、観察していた。

　が、ややあって、口を開いて、

「……なるほど、いいでしょう。よく分かりました」

と、深々と頷いていた。「正直、理解できない部分も多々ありましたが。今はとりあえず、その説明で納得しておいてあげましょう。あなたが海鳥さんへの贖罪の気持ちで、俺たちに喧嘩を売ってきたと分かっただけでも、十分です」

「………」

「〈泥帽子カップ〉、止められるものなら止めてください。正直俺としては、あなたたちのような不確定要素は、むしろ大歓迎ですからね」

「……ふん。あまり人を舐めない方がいいですよ、泥帽子」

でためちゃんは少しもたじろがず答えていた。「今年の冬が終わる頃には、二度とそんな余裕ぶった微笑み、浮かべられなくしてやります」

「ははっ、楽しみにしておきますよ」

泥帽子は余裕たっぷりに言葉を返して、

「では、今度こそ帰りましょうか白薔薇さん。俺としては、話したいことは全部話せました」

「…………」

「……？　白薔薇さん？」

と、反応のない相方に、怪訝そうな目を向ける泥帽子。

「どうしたんですか？」

「……のう、ネコちゃんよ」

対して白薔薇は、泥帽子の方には一瞥(いちべつ)もくれずに、でたらめちゃんに語り掛けていた。

「一発だけなら、ぶん殴ってもええぞ」

「……え？」

そう呼びかけられて、目が点になるでたらめちゃん。

「一発だけじゃ。十年前の出来事に免じて、一発だけは見逃してやる」

白薔薇は淡々と言う。

「ただし殺すな。命を取らん程度に手加減して殴れ。その条件を呑(の)むなら殴ってもええ」

「…………」

「さあ、どうするネコちゃん？」

白薔薇に問いかけられ、衝撃を受けたように固まるでたらめちゃんだった。一方の泥帽子も、露骨に困惑した様子で、白薔薇の横顔を覗(のぞ)きこんでいる。

「……いや、白薔薇さん？　急に何を言い出すんです？」

「――っ！」

その瞬間、でたらめちゃんは正面に向かって駆け出していた。

深く思考したわけではなかったが、彼女の本能が、彼女の身体(からだ)を動かしていた。

「えっ？」

自分に突進してくるでたらめちゃんを見て、泥帽子は珍しく、本気で動揺したような表情を浮かべている。

そんな彼めがけて、でたらめちゃんは思い切り腕を振りかぶって。

「——がっ!?」

次の瞬間、泥帽子（どろぼうし）の全身が、空中高くに打ちあがっていた。

そのまま物凄（すご）い音を立てて、近くの壁に激突する。

「…………!」彼は、声にならない悲鳴と共に、その場に崩れ落ちていた。そして、ぴくりとも動かなくなる。

「……はあ、はあ、はあ」

でたらめちゃんは拳を突き出した格好のまま、荒い息を吐き、泥帽子を見下ろす。そしてすぐに、白薔薇（しろばら）の方を振り向いて、

「……白薔薇さん。何故（なぜ）ですか？」

「特に深い理由はない。ただの気まぐれじゃ」

そっぽを向きつつ、白薔薇は答えていた。

「しかし、今のはいいパンチじゃったの。流石（さすが）に十年ぶんのうっぷんを込めただけのことはある。傍（はた）から見ていただけのわしもすかっとしてしもうたわ」

「………」

「勘違いするなよネコちゃん？　わしは何も、お前に許してもらいたいなどと思って、こんなことをしたわけではない」

ため息まじりに白薔薇は言う。

「わしも十年前に、お前の誕生の片棒を担いだ。そしてあの一件を経ても尚、変わらずわしは泥帽子と仲良くしておる。その時点で、わしはその男と同罪じゃ。

ただ――流石に十年前の一件については、わしも大分不快な思いをしたものでな。わしは〈嘘憑き〉である前に、一人の女じゃから」

白薔薇は言いながら、泥帽子のことを、何か可哀想なものを見る目で見下ろしていた。

「女が命がけで子供を産むことを、こいつは一体、なんだと思っておるのかの？」

◇◇◇◇

――バンッ！

という、派手な音とともに、そのドアは開け放たれていた。

件のマンスリーマンションの一室。

そのリビングに続くドアである。

「…………え？」

突然の物音に、この部屋の主――枕詞ネムリは、驚いたようにドアの方を振り向く。

「……なに？」

「…………」

ドアの向こうに佇んでいたのは、赤い髪の少女だった。

彼女は、無表情のまま、リビングの中へと踏み入って来る。

躊躇（ちゅうちょ）のない足取りである。

「……えっ？　ちょ、ちょっと待って」

突然の侵入者に、流石（さすが）の枕詞（まくらことば）も驚いたらしい。慌てた様子で、座り込んでいたフローリングから立ち上がって、「……誰、あなた？　なんで私の部屋に――」

「……悪いね。玄関の鍵が開いてたから、勝手に上がらせてもらったぜ」

枕詞の問いかけに、赤い髪の少女――奈良芳乃（ならよしの）はぶっきらぼうに答えていた。

「ところで、キミが枕詞ネムリでいいんだよね？」

「……え？」

「いや、返事を待つまでもないか。部屋の外の表札に、そう書いてあったんだから……で、肝心のあの子は、っと」

奈良は言いながら、きょろきょろ、と周囲を見回して、

「……ああ。いたいた」

「………………」

奈良の視線の先、フローリングの隅に、海鳥東月（うみどりとうげつ）は座り込んでいた。大量のコピー用紙の束をその手に掴（つか）んでおり、必死の形相で、その紙の上に目を走らせている。

「……さ、作者の気持ち！　作者の気持ち！　作者の気持ちを考えないと……！」

などとぶつぶつと呟（つぶや）く彼女は、奈良の存在すら、視界に入っていない様子だった。どう

やらそれほどに追い詰められているということらしい。

「……海鳥、良かった」

　そんな彼女を見て、無表情で、ホッとしたような声を漏らす奈良だった。「状況は謎過ぎるけど、とりあえず、変なことはされていないみたいだね」

　――が、そんなとき、奈良の服の背中側が、突然に後ろからぐいっ、と引っ張られていた。「うわっ!?」

　やはり無表情で、そんな悲鳴を上げる奈良。数歩ほど後方に身体がよろけ、転倒しそうになってしまう。

「……ちょっ、なにするの、いきなり!?」

　それでもどうにかバランスを取り、転倒を避けた奈良が後ろを振り向くと、そこに立っていたのは枕詞だった。「…………」彼女は、服を掴んだままで、奈良の方を睨んできている。

「……ねえ、本当に誰なの、あなた？　どうやってここに入ってきたの？　くうちゃんは？」

「……はあ？　くうちゃん？」

　尋ねられて、奈良は無表情で首だけ傾げてみせる。「……ああ、もしかしてあの、黒スーツのかっこいいお姉さんのことかい？　彼女なら今頃、敗と二人で、外でぶっ倒れてると思うけど」

「………は!?」

「まあ、流石に手強かったけどね、キミの嘘。私の羨望桜と、敗の二人がかりで、ギリだったもん」

奈良は言いながら、とんとん、と自らの胸を叩いて、「おかげで羨望桜も、私の身体の中でばたんきゅーだよ。まあ、その程度の被害で済んだと考えれば、勝利の代償としては安すぎるくらいだけど……ちなみにキミの嘘の方も、ただ負けただけで消滅したとかではないから。そこは安心しておくれ」

「……な、なに言ってるの、あなた?　くうちゃんが、負けた?」

枕詞は、信じられない、という風に目を見開いて、

「……そ、そんなわけない!　私のくうちゃんが、負けるなんて!　くうちゃんは、いつも最強なのに!」

「……いや、そんなこと言われても、事実として私たちは勝ったからね」

詰め寄られて、奈良は困ったようにポリポリ、と頬を掻いていた。

「……ああ、でもそういえば、さっき敗が気になることを言っていたっけね。『今日の空論城は、本調子の出来とは程遠かった』って」

「…………え?」

「『普段の奴なら、こんな程度の強さではない』。『なにか全力を出せない理由でもあったのではないか』って。キミも宿主として、何か心当たりがあるんじゃないかい?」

「…………！」

奈良の一言に、枕詞はハッとしたように俯いていた。

「……も、もしかして、最近私が、徹夜続きだったから？」

「……まあ、なんでもいいんだけどさ。とにかくそういうことだから」

奈良は言いながら、枕詞の手を服から払いのけて、

「今日は完全にキミの負けだよ。だから、海鳥は返してもらうぜ」

「……えっ⁉」

「明日も海鳥は早くからバイトがあるんだよ。いつまでもこんなところに、長居はさせられないからね」

奈良は一方的に言い切ると、枕詞から視線を外して、海鳥の方へと歩いていこうとする。

「ほら、海鳥。もう大丈夫だよ。私が来てあげたからね」

「……っ！　ま、待って！」

が、そんな奈良の腕を、枕詞はまたも後ろから掴んでいた。

「…………なに？」

奈良は無表情で、鬱陶しそうに後ろを振り向く。

「まだなにかあるの？」

「……か、帰らせない、ウミドリさんは！　その子は、私のだから！」

「…………はあ？」

「……ウミドリさんは、私の読者！　これから一生、私に飼われ続ける！　それが、その子にとっての幸せ！　だ、誰だか知らないけど、部外者が邪魔をしないで！」

「…………」

そう必死に捲し立ててくる枕詞を、奈良はしばらくの間、無言で見つめ返していたが、

「……あ？　なに抜かしてんだお前？」

そんな底冷えするような声とともに、枕詞の身体を突き飛ばしていた。

「きゃっ!?」

軽く突き飛ばされただけだったが、情けない悲鳴を上げて、その場にぺたん、と尻餅をついてしまう枕詞。

「……海鳥は私の？　ふざけてんのか？　海鳥が、お前みたいな『ぽっと出』のものなわけねーだろうがよ」

床の上の枕詞を見下ろしながら、奈良は吐き捨てるように言うのだった。

「今回だけは、これぐらいで済ませてやるけど……次また同じことをやったら、今度こそお前の嘘を消すからな？　覚悟しとけよ？」

「…………っ!?」

「……さて、と」

そして奈良は、今度こそ枕詞から興味が失せたという風に、完全に視線を外す。

そして、やはりコピー用紙の束に目を落としたままの海鳥を、おもむろに掴んでいた。

「ほら、立ちな海鳥。とっとと帰るよ」

「……さ、作者の気持ち、作者の気持ち、作者の気持ち……えっ!?」

と、尚も独り言を呟き続けていた海鳥は、そこでようやく、奈良の存在に気づいたらしい。「……え？　は？　な、奈良？　なんで？」

「なんでもなにも、キミを助けに来たんだよ、海鳥」

衝撃を受けたように自分を見返してくる海鳥に、奈良は無表情のまま、優しく語り掛けるのだった。「まったく、キミはどうしてこう、毎度毎度ヤバい女に好かれちまうのかな。私が言えたことじゃないんだけど。性格が良すぎるのも考えものだよね。

──まあでも、キミが何回ピンチになろうと、私は何回だって助けに行くけどさ。なにがあっても、なにが相手でも。私は、キミの『味方』だから」

◇◇◇◇

「……さて、結局上手くいったのかしらね？」

同じ頃。

マンスリーマンション近くの、ある公園にて。ベンチに腰かけながら、清涼院綺羅々は、ぼんやりとマンションの方を見上げていた。

とうとう日は完全に落ちて、辺りはすっかり夜である。

「海鳥さん、無事に救出できているといいんだけど……まあ、奈良さんたちを信じるとし

ましょう」

清涼院は尚も独り言を呟きながら、ふるふる、と首を左右に振って、

「それにしても、今夜はとんだ横槍が入ったものよね。若者たちを虐めるのが、そんなに楽しいのかしら、あの老いぼれ」

「――ほほっ。本当に口が悪いのう、お前は」

と、そんなときだった。

清涼院の後方から、唐突に、呼びかけるような声が響いてきていた。

まだあどけない、幼女の声音である。

「まったく、一体どんな育ち方をしたら、大好きなおばあちゃんに対して、そんな憎まれ口が叩けるようになるんじゃ？」

「…………」

清涼院は、特に驚いた様子もなく、真顔で後ろを振り向く。

佇んでいたのは、ニヤニヤと笑う銀髪幼女、清涼院白薔薇……本体だった。

「……なるほど。最後の最後に、今度はご本人のお出ましというわけ」

白薔薇を睨みつつ、清涼院はため息をついて、

「よっぽど運動不足なのかしら？　お年寄りというのは大変なのね。とはいえ、そんな若い人みたいに張り切って大丈夫なのかと、わたくし心配になってしまいますけど」

「ほほほっ！　何を言うか。わしはまだまだピチピチじゃわ」

　白薔薇は愉快そうに笑う。

「なにより、仮に疲れておったところで、何も問題はないのう。さっきあれだけ楽しく、孫と戯れることが出来たのじゃから。それだけでおばあちゃん、元気百倍じゃ」

「…………」

「のう綺羅々。先ほどは随分と頑張ったものではないか。わしの放った『分身体』を、ああも見事に捌き切るとは。また力をつけたか？」

「……はあ、それはどうも」

　清涼院は気のない声を返す。

「頑張ってくれたのは、わたくしではなく、守銭道化ですけどね」

「……。ふむ、守銭道化か」

　そんな清涼院の返答に、白薔薇はなにやら真面目な顔で頷いて、「確かに、中々に優秀な実現〈嘘〉じゃな、あのメイドは。前々から思っておったが、今日の戦いぶりで再認識させられた。流石わしの孫の嘘なだけはある。あんな嘘を従えているとは、主人のお前もさぞ誇らしいじゃろうな、綺羅々」

「…………」

「……まあ、とはいえ」

　そこで白薔薇は、にやりと笑って、

「流石にわしの嘘と比べてしまえば、いささか以上に、格落ち感は否めんが」

「………」

「……そういうわけじゃ。出てこい、守銭道化」

そして、次の瞬間、だった。

白薔薇の細く小さな身体(からだ)――その背中側から、一人の女の身体が生えてくる。

にょきにょき、と、まるで蛹(さなぎ)から羽化する蝶(ちょう)のようにその身を現した女は、そのまますとん、と白薔薇の後方に降り立つ。

それは、バニーガールだった。

「――はい。何か御用でしょうか、白薔薇さま？」

バニーガールは、上品な笑みを浮かべつつ、白薔薇に呼びかける。

ブロンドの長い髪。頭からぴょんと生えたウサギの耳。肩出しのボディースーツ。そして網タイツ。外見年齢は、20代半ばといったところだろう。色香を感じさせる顔つきをしており、実際に身体つきも豊満だった。その過激な出で立(いでた)ちは、周囲の公園の景色からは完全に浮いている。

……が、何より彼女の外見で特徴的なのは、服装でもなければ、スタイルの良さでもなかった。

彼女の顔は、清涼院綺羅々の守銭道化と、瓜二つなのである。

「ほほっ。のう、どんな気分じゃ、綺羅々？」

ニヤニヤ、と笑いながら、孫に向かって言葉をかける白薔薇。

「わしには想像も出来んことじゃが、やはり屈辱的なものなのか？　自分の嘘の、上位互換を見せられるというのは」

「…………」

「……しかし、今さら言うことでもないが、数奇なこともあったものよの。いくら祖母と孫の関係とはいえ」

「…………」

「まあ、確率的にはあり得ん話ではない。『これが本当であってほしい』という願いを、現実に叶えようとするのが〈嘘憑き〉じゃ。そしてその願いは、〈嘘憑き〉それぞれで千差万別じゃ。仮に八十億人の〈嘘憑き〉がおったとしたら、その嘘の内容も、八十億通りあるのが普通じゃろう」

「…………」

「……つまり、何も不思議はないのじゃよな。八十億通りの中で、たまたま二人だけ、嘘の内容がダダ被った〈嘘憑き〉がおったとしても。

世界中の金を独り占めしたいなどという、頭のおかしいことを考える女が、たまたま二人おったとしても。それがたまたま、血の繋がった家族同士じゃとしても。ほぼほぼあり得んというだけで、物理的に成立せんわけではない」

白薔薇はそこまで言ってから、ふるふる、と首を左右に振って、

「とはいえ綺羅々よ。お前もほとほと偏屈な女じゃ。いくら同じ内容の嘘とはいえ、名前

まで同じにせんでもええじゃろうが」

「…………」

「両方とも守銭道化って、普通に考えて、ややこしいとは思わんかったのか？　どれだけ負けず嫌いなんじゃ、お前。所詮は二番煎じの分際で」

「…………」

「……本当に、どうしてこんなことになってしまったのかのう。お前が赤ん坊の頃から、嫌な予感はしておったが」

白薔薇は力なく肩を落として、

「綺羅々。お前は孫ということを差し引いても、あまりにも、昔のわしに似すぎておった。わしの生き写しのようじゃった。わしは何度、その予想が外れてほしいと願ったか分からんよ。まあ、結果的には叶わぬ願いだったわけじゃが」

「……その節は、本当にお世話をかけましたわね、おばあさま」

そこで久しぶりに清涼院は口を開いていた。「確か、わたくしが〈嘘憑き〉になった、直後のことだったかしら？　おばあさまが、わたくしを一族から追放することを決めたのは」

「うむ。大体そのあたりじゃったな」

白薔薇はこともなげに頷き返す。「まあ、わしにしてみれば当然の行動じゃ。いくら可愛い孫だろうと関係ない。わしの大切な一族の中に、自分の『敵』など置いておけんからの」

「何が『世界中の金を独り占めしたい』じゃ。冗談も大概にせえよ？　この世界の金は、なにもかも、このわしのものに決まっておるじゃろうが」

「……本当に『目の上のたんこぶ』ですわ、おばあさまは」

清涼院は吐き捨てるように言う。

「おばあさまさえいなければ、わたくしは守銭道化の力を使って、やりたい放題できるのに……下手に動くと、必ずおばあさまが嫌がらせをしにくるから。おかげでわたくしは、今も牛丼屋さんでバイト三昧の日々よ」

「ほほっ。可哀想にのう綺羅々。しかし我慢せえ。それも二番煎じの宿命というやつじゃ。なにせわしは、〈嘘憑き〉として、お前よりも遥かに強い。違う内容の嘘同士ならともかく、まったく同じ内容なら、単純に力の強い方が勝つ。子供でも分かる単純な理屈じゃな。所詮後追いの二番煎じでは、オリジナルに歯向かうことは、絶対に出来んのじゃ」

「…………」

「だからわしとしては、本音を言えば、お前には素直に負けを認めてもらいたいのじゃがのう」

そこで白薔薇は、やれやれ、という風に肩を竦めて「のう綺羅々。お前、今度の〈泥帽子カップ〉、今からでも辞退するつもりはないか？」

「……………」

「……は？」

「わしも孫のお前と、本気で喧嘩などしとうないのじゃよ。さっきみたいなじゃれ合いならともかくな」

白薔薇は苦笑いを浮かべていう。「なにより、時間の無駄じゃろう。さっきも言ったように、二番煎じのお前では、絶対にわしには勝てん」

「…………」

「じゃが、お前が向かってくるというのなら、わしも容赦するわけにはいかん。嘘の内容がダダ被っている以上、わしとお前の願いは、絶対にどちらか一方しか叶わんからな。わしが世界中の金を独り占め出来たときは、お前が世界中の金を独り占め出来なかったとき。反対にお前が世界中の金を独り占め出来たときは、わしが世界中の金を独り占めできんかったときじゃ」

「……なるほど」

白薔薇の言葉に、清涼院は呆れたように息をついて、

「よく分かりましたわ。とりあえずおばあさまには、『可愛い孫に勝ちを譲ってあげよう』なんて心掛けは、欠片もないんですのね」

「……はあ？　勝ちを譲る？」

白薔薇はぱちぱち、と目を瞬かせる。「何を馬鹿なことを言っておる。譲るわけがないじゃろう。これは百年近くも追い求めてきた、わしの悲願じゃぞ？」

「…………」

「わしがなんのために、こんなほぼ不老不死の肉体になったと思うておる。なんのために、清涼院一族なんてものを創り出したと思うておる。なにもかも夢のためじゃ。わしはそれを叶えるためだけに生きてきた。お前のようなクソガキとは、文字通り年季が違う」

「……確かに、年数の話を出されたら、わたくしでは太刀打ちできませんわね」

清涼院はふるふる、と首を左右に振って、

「そして、わたくしがおばあさまと本気で戦ったとして、勝ち目が薄いというのも、まあその通りでしょう。これまで散々頭を押さえつけられてきたわけですから、そこは認めざるを得ません。

〈泥帽子カップ〉は、もちろんわたくしにとっても、願ってもないようなチャンスですけれど……肝心の勝算がないというのなら、それも無価値です。勇気と無謀は違うのですから。潔く負けを認めてしまった方が、まだしも傷は浅く済むかもしれません」

「ほほっ、そうじゃろう、そうじゃろう」

満足そうに笑う白薔薇。「なんじゃ、よく分かっておるではないか綺羅々。で、どうするのじゃ？　この流れのまま、潔く負けを認めてしまうか？」

「…………」

そんな問いかけに、清涼院は、すぐには答えなかった。

口をつぐんだまま、ただじっと、祖母を見つめ返す。

五秒、十秒とその沈黙は続き……そして、

「——いいえおばあさま。申し訳ないですけど、クソくらえですわ」

　彼女は、強い決意を込めた口調で、そう答えていた。

「自分から勝負を降りるなんて、そんな馬鹿な真似、わたくしはしません。勝ち目が薄いなんて理由で夢を諦めるくらいなら、わたくしは最初から〈嘘憑き〉になんてなっていません。

　この世に存在するお金は、すべてわたくしのものです。おばあさまにさしあげるお金なんて、一円もありません。さっきのおばあさまのお言葉を返すようですが——もしも向かってくるというなら、わたくしの方こそ、容赦はしませんよ？」

「…………」

　白薔薇の表情から、笑顔が消える。

「……綺羅々。お前本気で、わしに勝てると思っておるのか？」

　彼女もまた、真剣極まりない表情になって、孫に問いかけていた。

「二番煎じの分際で、オリジナルに喧嘩を売る気か？」

「……ふふっ。おばあさま、さっきからずっと思っていましたけど、随分と面白いことをおっしゃるのね。清涼院グループ総帥のお言葉とは、とても思えませんわ」

「……なんじゃと？」

「二番煎じ？　オリジナル？　馬鹿馬鹿しい。わたくしに言わせれば、そんな区別は無意味そのものね。

仮に二番煎じだろうと、それが一つ目を遥かに凌駕していれば、何がオリジナルだったかなんて、皆忘れてしまいますわ。重要なのは、どちらが早く思いついたかではなく、どちらがより輝きを放ったかよ。不公平に聞こえようと、少なくとも現実の世の中は、そういう風になっている筈です」

「………」

「大体、なんで『他人と被っている』なんて理由で、自分のやりたいことを曲げないといけないのか、意味が分からないわ。わたくしの夢は、わたくしのものです。誰と違っていようと、誰と同じだろうと、そんなことは何の関係もありませんし、興味もありません」

「……なるほど」

力強い口調で言い切られ、白薔薇は、納得したように頷いていた。

「よう分かった。お前がそう言うなら、わしももう何も言わん。〈泥帽子カップ〉では、地獄を見せてやろう」

「………」

「今さら芋を引いても遅いぞ？　『申し訳ありませんでしたおばあさま』、『生意気を言ったわたくしが間違っていました』と土下座して謝るまで、決して許してやらんから、覚悟するんじゃな」

「……ふん。それはこっちの台詞ですわ」

清涼院は、そこで一気に声量を落として、「……調子に乗っていられるのも、今の内だけよ、このクソババア。なにせわたくしは、『海鳥さん』という、最強のカードを手に入れたんですからね。

あの子を上手く使って、おばあさまの守銭道化を、殺してしまう。それさえ成功すれば、後はもうわたくしのやりたい放題よ。力を失った無力なあなたに、今まで散々煮え湯を飲まされた分、たっぷりと仕返ししてさしあげますわ。具体的には、牛丼屋さんで強制的にバイトさせて、その姿を物笑いの種にしてあげます……！」

「……何をぶつぶつ言っておるのじゃ、綺羅々？」

白薔薇は怪訝そうに尋ねてくる。

「悪いが、もう少しはっきり喋ってくれんか？　よく聞き取れんから」

「……ふふっ。いいえ、なんでもありませんわ、おばあさま」

清涼院は、涼やかな笑みを浮かべて返していた。

「ともかく〈泥帽子カップ〉では、血の繋がった肉身同士、悔いのないように戦いましょう。真正面から、正々堂々と、ね」

8 でたらめちゃんについて⑧

「…………」

既に日のどっぷりと暮れた時間帯。

市内の路地裏に、泥帽子は無言で座り込んでいた。

その口元を汚しているのは、乾いた彼自身の血液。

顔面には、思い切り殴られたような痕が、くっきりと残っている。

「…………」

「――ほほっ、随分と男前になったものじゃのう、泥帽子」

と、そんな泥帽子の正面に佇む白薔薇は、彼を見下ろしつつ、上機嫌に言葉をかけていた。「どれ、写真でも撮って、『中核メンバー』全員のスマホに送りつけてやろうか？　きっとバカウケじゃと思うぞ？」

「……白薔薇さん」

泥帽子は、なにやらもの言いたげな目で、白薔薇を見上げていた。

「…………」

「ほほほっ。なんじゃその顔は。まさか柄にもなく、怒っておるのか？」

「…………」

「だとしたらすまんかったの。さっきの裏切りは、冗談半分、本気半分というところで、そこまで悪気はなかったのじゃ。どうか許してくれ。

そして断っておくがの泥帽子。わしはお前の性格の一部に、どうしても生理的にうけつけん部分があるというだけで、お前という人間そのものは嫌いではないからの。そこは安心してええぞ」

「…………。いえ、ご心配には及びませんよ、白薔薇さん」

そこで泥帽子は、ふるふる、と首を左右に振って、「別に怒ってなんていません。今は口の中が痛くて、いつもみたいに饒舌に喋れないというだけです。たぶんどこかを切ったんでしょうね。

あなただけでなく、清涼院綺羅々さんの裏切り行為についても同様です。今日起こったことは全て不問に処しましょう。あくまで今回の事件は、前哨戦に過ぎないんですから」

泥帽子は言いながら、にやり、とくたびれたように笑う。

「むしろ今日のことで、余計に期待が高まったくらいですよ。〈泥帽子カップ〉の開催を宣言しただけで、こんな有様なんですから。本番が始まったら、一体どれほどの混乱が巻き起こってしまうのか、想像するだけでもワクワクしてきますね」

「……ふむ、『ワクワクする』のう」

そこで白薔薇は、なにやら意味深に息を漏らして、

「まあ、長年の夢の実現に、興奮するのは結構じゃがな、泥帽子。あのネコちゃんたちは、

このまま野放しにしておいてもええのか？　〈泥帽子カップ〉を開くというなら、特にあのコンビは、不確定要素にしかならんと思うが」

「……はあ？　なに言ってるんですか、白薔薇さん？」

泥帽子は、笑いながら答える。

「あの二人が不確定要素？　そんなこと言われるまでもなく分かり切っていますよ。だからこそいいんじゃないですか。なんのために、神戸で〈泥帽子カップ〉を開催することにしたと思っているんです？」

「…………」

「俺にしてみれば彼女たちは、〈泥帽子カップ〉の、立派な参加者ですよ。本人たちは絶対に認めないでしょうけどね」

泥帽子はふふっ、と笑い声を漏らして、

「嘘を吐けない海鳥東月と、彼女の前では、嘘しか吐けないでたらめちゃん。彼女たちは、大会を盛り上げる最高のスパイスになってくれる筈です。その芽を今の内に摘み取ってしまうだなんて、そんなもったいないこと、とてもじゃないけど出来ませんよ」

「……そんな余裕ぶったことを言っていて、本当に大丈夫かのう？」

「――え？」

「あのネコちゃんの方はともかく」

白薔薇は、泥帽子の表情を覗き込むようにして、

「海鳥東月という娘の方は、そう舐めてかからん方がええかもしれんぞ？」

「……海鳥さんを？　どういう意味です？」

「いや、わしもあの娘の人となりをよく知っているわけではないがな。なんかよう分からんが、色々な女から、えらく人気のようではないか」

「…………」

「海鳥東月でなにやら悪だくみを考えているらしい綺羅々。どういうわけか、海鳥東月に興味を持ったらしいネムリ姫。そんなネムリ姫から海鳥東月を助け出した、奈良芳乃とかいう女。

　なにやら海鳥東月を恨んでいるらしい敗。それに正体がいまいちつかめんかったが、海鳥東月がさらわれかけたとき、やたらと興奮しておった、青い髪の娘。そしてなにより、海鳥東月のために命を捧げようとしている、でたらめちゃん」

　白薔薇は言いながら、やれやれ、という風に肩を竦めて、

「海鳥、海鳥、海鳥……どいつもこいつもあの娘のことばかりじゃ。大人しそうな顔をして、とんだ女たらしもおったものじゃよな。まあ、肝心の侍らせておる女たちが、どいつもこいつも頭のおかしいのばかりじゃから、まったく羨ましくはないハーレムじゃが」

「…………」

「しかしのう、泥帽子よ。わしは思うのじゃよ。そんな大勢の異常者どもの心を引き付けるあの女が、はたして本当に、お前の想定に収まる程度の人間なのか、となＪ」

「……いや白薔薇さん。本当に何を言っているんですか？」

泥帽子は、やや戸惑ったような顔で答える。

「何度も同じことを言わせないでください。まさにそれこそ俺の望むところですよ。俺はだから海鳥さんを買っているんです。想定通りに動くキャストほど、俺にとってつまらないものはありませんから」

「…………」

「海鳥さんの個性の強さは、俺も十分存じ上げているつもりです。なにせ産みの親ですからね。彼女なら、他の〈嘘憑き〉たちとも違った、新しい『結果』を俺に見せてくれるかもしれません。本当に楽しみでなりませんよ。何故それを恐れなくてはいけないのか、意味が分かりませんね」

「……楽しみでならない、のう」

白薔薇はため息をついて、

「その『結果』、お前が破滅するとしてもか？」

「ええ、当然です」

泥帽子は即答していた。

「仮に彼女の手で、俺の長年の夢の〈泥帽子カップ〉が台無しにされようと、どころか〈泥帽子の一派〉が壊滅させられようと——まあそんなことは、可能性としてはほぼ起こり得ないと思いますが。もしそうなったとして、俺には何の後悔もありません。だって、それはそれで面白いですから」

「………」

「俺はその『結果』を、喜んで受け入れるだけですよ。海鳥さんに、心からの感謝の言葉を述べながらね」

泥帽子は自嘲気味に笑って言う。「むしろ物語のオチとしては、王道じゃないですか？　自分を生み出し、自分の人生を狂わせた全ての元凶を、自分の手で打ち倒す、だなんて」

「……なるほどのう」

そこまで聞き終えて、白薔薇はなにやら納得したように頷いていた。

「……え？」

「思った通り。やはり危機感が足りていないようじゃ」

「残念じゃが泥帽子、わしの言っておる破滅とは、そんな生易しいレベルのそれではない」

白薔薇はふるふる、と首を振って、

「もっと根本的な破滅じゃ」

「……はあ？」

「のう泥帽子。わしは前々から思っておったのじゃが――お前という男は、本当に無敵じゃよな。

なにせ本質的な意味で、絶対に誰にも負けることがない、勝とうが負けようが、お前はその『結果』を、どちらでも面白いと思うことが出来るからの。どうでもいいわけではないが、どっちでもいい。そんな風に生きているお前を、止めることなどこの世の誰にもできんじゃろう。仮に誰かに殺されたとして、お前はその『結果』をも面白いと受け止めて、笑って死んでいくだけじゃ」

「…………」

「……じゃがな泥帽子（どろぼうし）。それはあくまでも、お前がお前であれば、という前提があってこその話なのじゃ。お前がお前でなくなってしまえば、お前は無敵ではなくなる」

「……あの、白薔薇（しろばら）さん。まったく意味が分からないんですが。一体何が言いたいんです？」

「……まあの。わしも本気で、そんなことが起こると思っているわけではない。わけではないのじゃが――」

と、そこで白薔薇は、なにやら言（い）い淀（よど）むようにして、

「あの海鳥東月（うみどりとうげつ）という娘は、ひょっとしたら、お前すら改心させてしまうかもしれんぞ」

「…………は？」

「あの娘は、これまで〈嘘憑（うそつ）き〉たちにそうしてきたように、異常者のお前を、まともに変えてしまうかもしれん。真人間に変えてしまうかもしれん」

「…………」

「……いやまあ、根拠などあるわけでもなく、これは本当になんとなく、わしが思うとい

うだけの話なのじゃが」

「…………」

そんな白薔薇の発言に、泥帽子はしばらくの間、言葉を返さなかった。

彼は真顔で、白薔薇の方を凝視していた。

それは、彼がほとんど見せることのないような、素の戸惑いだった。

「……いやいや、なに言ってるんですか、白薔薇さん」

やがて彼は、そう呆然（ぼうぜん）と言葉を返す。

「それはないですよ。それだけは絶対にない。あり得ないことです」

「……うん。まあ、それはお前にしてみれば、そう思って当然じゃろうな」

白薔薇は軽く頷（うなず）き返して、

「お前がまともになった姿など、わしには想像すらできんことじゃ。今の考えを、『中核メンバー』の誰に話しても、きっと一笑に付されるだけじゃろう。これはあくまでも、もしもの話じゃ」

「…………」

「ただ、もしも本当にそんなことになったら。お前は地獄じゃろうな泥帽子」

気の毒そうな口調で、白薔薇は言う。

「どんな非道を働こうと、どんなに手を汚そうと、一切心など痛めんお前が。遊び半分に生み出した娘に、まともにされてしまったら。その後で、一体どれだけの罪悪感に苦しめられることになるのやら。わしは、想像するだけでも恐ろしいぞ」

ピンポーン。

「…………」

その日。

覚悟を決めた顔つきで、でたらめちゃんは、その部屋のインターホンを押し込んでいた。

あるマンションの、廊下での出来事である。

「……大丈夫です。なにも怖くなんてありません。このために、全部捨ててきたんですから」

彼女は言いながら、目の前のドアスコープを食い入るように覗き込む。

「私は今から会う彼女と一緒に、〈泥帽子の一派〉を全滅させる。そして、それが終わったら、自ら死を選ぶ。今から会う彼女に、十年越しに嘘を返す。

それこそが、私の贖罪。それこそ、私の生まれた意味……」

……。……。そしてインターフォンが鳴らされてから数秒がたった後、がちゃり、という音を立てて、マンションのドアが開かれていた。

向こうから顔を覗かせてきたのは、心配そうな表情をした、背の高い黒髪の少女。

「……ちょっ、どうしたんですか？」

「………」

　そんな少女を、でたらめちゃんは泣きそうな顔で見上げて、

「……あ、あの、トイレを、トイレを貸していただけないでしょうか？」

◇◇◇◇

「………え？」

　そして、現在。

　海鳥のマンションの部屋で、就寝中だったでたらめちゃんは、唐突に目を覚ましていた。

　ベッドから身を起こし、しばらく呆然とした様子で、虚空を眺めるでたらめちゃん。

「………！」

「……夢ですか」

　ややあって彼女は、そんな独り言を漏らしていた。

「……なんだか、意味ありげですね。今日あんなことがあった矢先に、あの日の夢を見るだなんて。

　まるで、自分の覚悟を試されているみたいです」

　……そう自分で言ってから、真面目な顔で、自らの身体を見下ろすでたらめちゃんだった。

「……まあ、事はそう単純でもないんですよね。少なくともとがりちゃんとサラ子さんの

二人は、決行する前に、どうにかしないといけませんし。流石に彼女たちは、一緒には連れていけません。海鳥さんと喰堂さんに顔向けできませんもん。現時点で具体的な方法はさっぱりですが、それでも、なにかしら考えないと」

そんなでたらめちゃんの言葉に、彼女の身体の中から、なんらかの言葉が返されることはなかった。どうやら彼女の体内の少女たちは、揃いも揃って、今は眠りについているらしい。

「……本当は、こんな荷物、背負い込むつもりはなかったんですけどね。人生、ならぬ嘘生というのは、ままならないものです」

でたらめちゃんは言いながら、自嘲気味に笑う。「で、敗さんについては、要相談といったところでしょうかね。私としては、彼女も出来れば道連れにはしたくないですけど。本人の希望とかもあるでしょうし。

そして、全ての物事が片付いたら……後は私が、勇気を出すだけです」

……と、彼女がそんな風に呟いた、そのときだった。

「……ん？」

彼女は不意に、ベッドの横合いの敷布団に、誰も寝ていないことに気づいた。

本来ならそこは、彼女の同居人が眠っている筈なのだが。

「……海鳥さん？」

◇◇◇

「あれ？　でたらめちゃん？」

海鳥東月(とうげつ)は、キッチンにいた。

パジャマ姿の彼女は、コップにお茶を淹(い)れ、その縁に口をつけながら、驚いたようにでたらめちゃんを振り向いてくる。

「どうしたの？　目が覚めちゃったの？」

「……ええ、まあ」

でたらめちゃんは頷(うなず)きつつ、キッチンに置かれた時計に目を移す。時計が表示している時刻は、午前二時。

「そういう海鳥さんも、珍しいですね。こんな時間に起きているだなんて」

「……うん。ちょっと目が冴(さ)えちゃってさ」

海鳥は苦笑いを浮かべて返してくる。

「今日は色々ありすぎて、むしろ疲れている筈なんだけどね」

「……確かに。私の身体の中では、とがりちゃんもサラ子さんも、敗さんでさえぐっすりですね」

でたらめちゃんはぽりぽり、と頬(ほお)を掻(か)いて、

「しかし海鳥さんを無事に救出できて、なによりでした。枕詞(まくらことば)さんに誘拐を許してしまったときは、生きた心地がしませんでしたが」

「うん、それは本当にね」

海鳥は神妙な顔つきで頷く。

「今日はかなりヤバかったと思うよ。敗さんに襲われたときと、近い恐怖を感じたかも」

「枕詞さんと空論城さんは、〈一派〉の中でも、かなり危なめのコンビですからね。とにかく話が通じないので」

でたらめちゃんは力なく肩を落として、

「そんな人たちの手に海鳥さんをさらわれてしまうなんて、今回も私の不覚でした。もう何回目かも分かりませんが、なんとお詫びしていいか分かりませんよ」

「いや、でたらめちゃんが謝ることじゃないってば」

海鳥は気遣うような言葉をかけてくる。「あんな風に、〈泥帽子の一派〉のメンバーが大量に押しかけてくるだなんて、誰にとっても予想外のことだったわけだし」

「……確かに、それはそうですね」

でたらめちゃんは頷いて、

「これは相当大変な事態です。今回はたまたま、特に被害も出さず一件落着させることが出来ましたが、こんなものはあくまでも前哨戦にすぎません。〈泥帽子カップ〉とやらが本格的に始められてしまえば、この町で巻き起こる混乱は、今回の比ではなくなるでしょう。

しかし、ゆめゆめ肝に銘じておいてくださいよ、海鳥さん。これはかなりの危機であると同時に、私たちにとっては、千載一遇のチャンスでもあるんです」

「チャンス？」

「私たちの打倒すべき〈泥帽子の一派〉の幹部たちが、わざわざ私たちの目の前に集まってくれたんですよ？　これをチャンスと言わずにどうします」

　でたらめちゃんは力強い口調で言う。

「それに、敗さんも似たようなことを言っていましたが、彼女たちは一枚岩というわけでもありません。お互いに敵同士で、潰しあう間柄です。その力関係を上手く利用すれば、私たちにも、十分に勝機はあると言えます」

「……確かに、私たちが何もしなくても、勝手に喧嘩して、何人か脱落してくれるかもしれないわけだもんね」

「上手くすれば、今回の一件で、『中核メンバー』を全滅させられるかもしれません」

　でたらめちゃんは頷いて、

「そうなればいかに泥帽子と言えども、もうどうしようもなくなるでしょう。年貢の納め時というやつです」

「なるほど……つまりいよいよ決戦ってわけなんだね。じゃあ、私も頑張らないと――」

と、そこまで言ったところで、海鳥は不意に思い出したという風に、手を叩いていた。

「ああ、そういえばさ、でたらめちゃん。あなたが私に今日したかった話って、結局なんだったの？」

「……え？」

言われた言葉に、でたらめちゃんは、虚を衝かれたように固まる。

「いや、でたらめちゃん、何か私に話があったんでしょ？」

海鳥は尚も質問を重ねてくる。

「途中で邪魔が入って、あの場では、有耶無耶になっちゃったけど」

「…………」

「……え？　なに？　もしかして、憶えてないの？」

「……いや、それは憶えてますよ」

でたらめちゃんは首を左右に振って答えていた。「ただ、少し驚いただけです。海鳥さんの方こそ、よく覚えていましたね。あの後、それどころではないことが、色々と起こったのに」

「……まあね。正直誘拐されてたときは、その件については、欠片も頭の中にはなかったよ」

海鳥は苦笑いを浮かべて答える。「ただ、こうして一回落ち着いて、でたらめちゃんの顔を改めてみたときに、ハッと思い出してさ。でも良かったよ思い出せて。話の続き、この場で聞かせてもらえばいいわけだし」

「…………え？」

でたらめちゃんは、ぱちぱち、と目を瞬かせて、

「……話の続き、ですか？　今ここで？」

「……？　えっと、うん、そうだけど。何か問題でもあるの？」

「……いや、ちょっと待ってくださいよ海鳥さん」

でたらめちゃんは困ったような口調で言う。「まさかこの場で、そんなことを言われるとは思ってもみませんでしたので。ちょっと心の準備が」

「はあ？　心の準備？」

怪訝(けげん)そうな顔になる海鳥。

「なにそれ？　なんで、ただ話をするだけなのに、そんなものが必要なの？」

「…………」

「……ちょっと待ってでたらめちゃん。まさかとは思うけど、『すみません、やっぱりまた後日にしてください』なんて言って、話を引き延ばしたりしないよね？」

海鳥は半眼になって、でたらめちゃんを睨(にら)んでいた。「私、申し訳ないけど、それは無理だよ？　そんなことされたら、余計に気になって、眠れなくなるから」

「……海鳥さん。そのですね、お気持ちは非常によく分かるんですけど。こっちにも、色々と事情があると言いますか」

「事情？」

「なんのために私が今日、わざわざ海鳥さんを、外に連れ出したと思っているんです？　ただ話をするだけなら、別にこの部屋の中でも良かったとは思いませんか？　一緒に住んでいるんですから」

「……うん、まあそうだね。それについては、私も最初からずっと引っ掛かってたけど」

「要するに、わざわざ外に連れ出さないといけない理由があったということなんですよ」

でたらめちゃんはぽりぽり、と頬を掻いて、「ちゃんと相応しい場を整えないと、上手く切り出せないような話なので……少なくとも、こんな台所でさくっと話すような、そんな類の話題でないことだけは確かです」

「いや、だから知らないってば。じゃあなに？　私、でたらめちゃんの話を聞くためだけに、もう一回あのショッピングモールに出向かなきゃいけないの？」

「………」

「勘弁してよでたらめちゃん」

心から面倒そうな口調で、海鳥は言うのだった。「もういいから話してってば。私、明日は朝からバイトだから、出来るだけ早く休みたいんだよね」

「………。まあ、はい、そうですね」

言葉を向けられ、頷き返すでたらめちゃんだった。「海鳥さんの言っていることの方が、完全に正論だと思います。流石に、ただ話をしたいというだけで、そこまで引っ張るわけにはいかないでしょう。

今日、ちゃんと場を整えようとしたにも拘わらず、あんな連中にその邪魔をされてしまったことには、当然むかっ腹が立ちますが……それはもう言っても仕方ありませんし、割り切る他ないでしょうね」

「……要するに、どういうこと？　話してくれるの？」

「はい、もちろんです」

でたらめちゃんは頷いて、

「ただ、ほんの少しだけでいいので、時間をください。一応、気持ちを整えたいので」

「……引っ張るな～！」

呆れたように海鳥は言う。「まあ、でたらめちゃんの好きなようにしてくれたらいいんだけどさ。私は、時間をかければかけるほど、話しだすまでのハードルが上がるだけだと思うけどね」

「…………」

が、そんな海鳥の言葉は、もうでたらめちゃんの耳には入っていなかった。

彼女は瞳を閉じて、自分の世界に没入していた。

（……大丈夫です。何度も繰り返しシミュレーションして出した結論です。何も問題はありません）

暗闇の視界の中で、彼女は独白していく。

（これを伝えたら、海鳥さんは、きっと驚くことでしょう。こんな真実は、彼女の想像の遥か外でしょうからね。特に心配なのは出生の秘密についてです。海鳥さん、ショックを受けないといいのですが。

（……いえまあ、こんな話を聞かされて、ショックを受けない女の子なんていないでしょうが。

（そして、ショックを受けた後に、私のことを心から軽蔑するんでしょうね。

（…………………。

（……まあ、当たり前のことです。海鳥さんは今日まで、嘘を吐けないせいで、ずっと苦しんできました。そのせいで、最愛のお母さんを失いかけたことさえありました。

（その原因が、実は全て私にあったと知ったら。それを分かっていて尚、今日まで話さずにいたと知ったら。

（さしもの海鳥さんでも、私を笑って許せるとは思いません。

（ただ、特に問題はないんです、それでも。

（なにせ海鳥さんは、超がつくほどのお人よしですから。その真実を知ったところで、今さらこの戦いから降りるとは思えません。

（彼女は、たった一人で、〈泥帽子の一派〉との闘いに挑もうとする私を、見捨てられないからです。

（心底軽蔑している相手でさえ、憐れに思ってしまうのが、海鳥さんなんですよね。

（きっと彼女は、私の話を聞いた後で、こう答えるに決まっています。

（——死ぬなんて言わないで、でたらめちゃん。

（でたらめちゃんは、何も悪くないよ。

（でたらめちゃんが死ぬ必要なんて、どこにもないよ。

（少なくとも、私はこれっぽっちも、でたらめちゃんに死んでほしいとは思わない。

（私はでたらめちゃんに、生きていてほしい。

（でたらめちゃんが死ぬくらいなら……私は、嘘なんて吐けなくてもいい。

（…………。

（……ふふっ。なんて、目に大粒の涙を溜めながら、そんなことを喚き散らす海鳥さんの姿が、目に浮かぶようですね。

（これはなにも、私に都合のいい妄想というわけでもありません。

（この人は、とにかくそういう人なんです。

（半年間も同棲したんですから、私も流石に、それくらいのことは分かります。

（でもね、海鳥さん。

（申し訳ないですが、私は、そのお願いを聞くつもりはありませんよ。

（あなたが何と言おうと、私は死にます。

（〈泥帽子の一派〉を倒した後に、この世から消えます。

（あなたの気持ちなんて、もはや関係ないんです。

（これは私の意地ですから。

（私自身が、そうすると心に決めて、この部屋のインターフォンを鳴らしたんです。その決意が揺らぐことは、絶対にあり得ません。

（もしかしたらあなたは、全てが終わった直後に、私のことを批難するかもしれませんね。私はそんなこと望んでなかった、とか。馬鹿じゃないのでたらめちゃん、とか。

（でもごめんなさい。やっぱりそれは、私の知ったことではないんです。

（究極的に言うと、これは海鳥さんのためにやっていることでもないですから。ただの私の自己満足、やっと死に場所を見つけたから、それに殉ずるというだけの話です。

（……でもまあ、これくらいの我がままは許してくれますよね？

（海鳥さん。あなたには、一切なんの責任もないとはいえ――

（あなたが、私の飼い主として、私に何もしてくれなかったというのは、事実なんですから……）

「…………」

でたらめちゃんの正面では、海鳥が無言のまま、彼女の方を見つめてきている。

何も言ってはこないのだが、明らかに焦れているらしいことは、その表情を見れば明らかだった。

（……大丈夫、大丈夫、大丈夫です）

そんな海鳥の視線を受けながら、でたらめちゃんは最終確認とばかりに、再三自分に言い聞かせる。（海鳥さんに真実を伝えることに、何のデメリットもありません。まあ、メリットの方もないかもしれないですけど。

（結局これも、海鳥さんにずっと隠し続けるのがしんどいという、私の自己満足に過ぎないのかもしれないですけど。

（…………。

（……海鳥さんに、『あなたは悪くないよ』なんて、たった一言でいいから言われたいだけかもしれないですけど。

（だとしたら、我ながら気持ち悪いなんてものじゃないですけど。

（とにかくもう、なんでもいいんです。

（言ってしまえさえすれば、後はもう、なるようにしかならないんですから……）

そこでようやく、でたらめちゃんは思考を打ち切っていた。

覚悟を決めたような顔で、真っ直ぐに海鳥を見る。

そして、口を開いて、

「あのですね、海鳥さん。実は、ずっと秘密にしていたんですけど、私は――」

…………。

だが。

「…………」

「……ん？　どうしたのでたらめちゃん？」

海鳥は怪訝そうに尋ねてくる。「『ずっと秘密にしていたんですけど、私は』？　その次は?」

「…………」

しかし、そう促されても、でたらめちゃんは言葉を返すことが出来なかった。

彼女は、何か衝撃を受けた様子で、固まっていた。

それは、何かに気づいてしまった、という表情である。

「…………」

「いや、でたらめちゃん。そこで黙り込まれても——」

「……海鳥(うみどり)さん」

そこででたらめちゃんは、ようやく続きの言葉を発する。「……すみません。この期に及んでこんなことを言うのは、本当に、本当に、心苦しいんですけど。

やっぱりこの話、なかったことにしてもらえませんか?」

「…………は?」

「今、ハッと気づいたんです」

なにやら恐ろしげな口調で、でたらめちゃんは言う。「ほんの数秒前までは、確かに話す気満々だったんですけど。やっぱり、やめておいた方がいいかもしれないって」

「……はあ!?」

「いえ、『かもしれない』ではなくて、絶対にそうですね。これは話さない方がいいやつです。たった今、そう確信できました」

でたらめちゃんは、完全に一人で納得してしまった様子だった。

「いや、本当に良かったですよ、間一髪で気づけて。うっかり勢いで話してしまうところでしたもん。気づくのが、もうコンマ一秒遅れていてもヤバかったですね」

「…………」

が、そんな風に一人で納得されても、当然海鳥の方は、理解できる筈もない。

「……い、いやいやいやいやいや！」

海鳥はぶんぶんっ、と首を左右に振り乱して、

「ちょ、ちょっと待っててでたらめちゃん。それはない。流石にそれはないって。話せないって、なんでそんな話になるの？　意味不明すぎるんだけど？　理由は？」

「……はあ、理由。理由ですか」

でたらめちゃんは、ぽりぽり。と頬を掻いて、

「まあ、端的に言うなら、完全に海鳥さんのせいですね」

「…………え？」

「本来、私の見立てでは、何の問題もない筈だったんですよ。話を終えた後、海鳥さんがどんな反応をするのか、どんな言葉を返してくるのか、シミュレーションはすべて済んでいましたから。不測の事態なんてない筈だって。

……ただ、いざ話そうとした直前で、気づいてしまったんです。あれ？　海鳥さんってそもそも、行動を予測できるような、普通の人だったっけ？　って」

「…………はあ？」

「もしかしたら、説得されてしまうかもしれない。そんな風に思ったんです」

でたらめちゃんは首を左右に振って言うのだった。「ほぼ100パーセント、そんなことはあり得ないんですけど。海鳥さんに何を言われたって、私は聞く耳も持つ気ないんですけど。だからこそ、もしもそうじゃなかったら、怖いなって。

海鳥さんにぎゅーっと抱きしめられて、優しい言葉をかけられて……もしも私が、許されたって感じちゃったら。ああ、私はやっぱり、そんなことはしたくないって思っちゃったら、目も当てられませんから。だから言わないことにしました」

「……いや、なに言ってるのでたらめちゃん？」

海鳥は呆気に取られたような口調で言う。

「さっきから、ぜんぜん意味が分からないんだけど」

「ふふっ、そんな風にすっとぼけても無駄ですよ海鳥さん。いや、あなたは本当に意味が分かっていないんでしょうけど。なにせ海鳥さんは、あの奈良さんをまともにしてしまった女ですからね。私の人生かけた決意を翻意させることなんて、考えてみれば、朝飯前なのかもしれません」

「…………⁇」

「まあ、ほぼ確実にあり得ないことなんですけどね。それでも、一ミリでもデメリットがあるというのなら、こんなただの自己満足で、リスクは冒せません。私、ご存知の通り、慎重な性格なもので」

「………つまり、なに？　結局話してくれないってこと？」

呆然とした口調で、海鳥は問いかける。

「ここまで、散々引っ張っておいて？」

「まあ、そういうことになりますね。申し訳ないですけど」

「……………どうしても？」

「はい、どうしてもです」

でたらめちゃんの口調は力強かった。「とはいえ、あんまり根に持たないでくださいよ？　私だって本当は話したかったんです。そうできなかった原因は、あくまで海鳥さんの方にあるんですからね」

「……………」

そう告げられて、黙り込んでしまう海鳥。

彼女は、口を真一文字に引き結んだまま、でたらめちゃんを眺める。

五秒、十秒と、その沈黙は続いていく。

「……………」

そして彼女は、無言のまま、何の前触れもなく――でたらめちゃんの頭に、その拳を振り下ろしていた。

――ぽかっ！

「いたっ!?」

直後、でたらめちゃんの口から、悲鳴が漏れる。「……!?　えっ？　えっ？」

彼女は頭を押さえつつ、信じられないという表情で、海鳥（うみどり）を見返す。

「………え？　は？」

「………」

「私、今、殴られ……え？」

「………はっ！」

と、その視線を受けて、ようやく我に返ったという様子で、自らの口元を押さえる海鳥だった。「ご、ごめんでたらめちゃん！　私ったら、つい！」

「……つい？」

「今、一瞬だけイラっとしすぎちゃって……！　気が付いたら、手が……！」

彼女はおろおろと言いつつ、申し訳なさそうに、でたらめちゃんの頭を撫（な）でてくる。「ほ、本当にごめんね？　痛かったよね？」

「…………ええ？」

そんな海鳥を、ドン引きした様子で見上げるでたらめちゃんだった。

「……いや、待ってください海鳥さん。イラッとしたって、私が勿体（もったい）つけて結局話さなかったからですか？　それだけの理由で、私に暴力振るったんですか？」

「だ、だから、ごめんってば。私、イラっとすると手出がちだって、でたらめちゃんも知ってるでしょ？」

　海鳥は弱々しい口調で答えてくる。

「ちょっと前は、とがりちゃんのほっぺた引っ叩いたし。私はいまいち憶えてないんだけど、一年くらい前には、奈良のほっぺた引っ叩いたこともあるらしいし……早く直さないといけないとは思ってるんだけど、中々難しくて」

「……そうですね。それは本当に一日も早く直した方がいいですね」

　でたらめちゃんは深々と頷き返していた。「とはいえ、流石に今回は私の方に非がありすぎるので、あんまり強く文句も言えないですけど」

「……！　い、いや、ぜんぜんそんなことないよ。どんな理由であれ、暴力は絶対に許されないことなんだから！」

　海鳥はぶんぶんっ、と首を振り乱して、「それに、そもそも話すか話さないかは、でたらめちゃんの自由なのにさ。私がしつこく食い下がっちゃったのが、多分一番いけなかったんだよね。本当にごめん、深く反省するよ」

「……いえ、ですから、そんなちゃんと謝ってもらうほどのことでは」

「…………ところでさ、でたらめちゃん」

　と、しおらしく頭を下げていた海鳥は、そこで不意に頭を上げて、

「でたらめちゃんが話を聞かせてくれないのは、もう分かったんだけど……それなら私の方から、ちょっと話をさせてもらってもいいかな？」

「……え？」

「実は私も、でたらめちゃんに聞いてほしい話があってね」

海鳥はぽりぽり、と頬を掻きつつ告げてくる。

「その……昼間話してた、レストランの件なんだけど」

「レストラン？」

「うん、『ぐりる・でたらめちゃん』だよ。憶えてるでしょ？」

「……？」

告げられた言葉に、怪訝そうに眉をひそめるでたらめちゃんだった。

「……『ぐりる・でたらめちゃん』って、もしかして、お昼の洋食屋さんで話したやつですか？　私が妄想で、将来開きたいと思っているっていう」

「そうそう、それ！　でたらめちゃんにぴったりの、可愛い感じの洋食屋さんね！」

海鳥は力強くかぶりを振って、

「ええとね、でたらめちゃん……でたらめちゃんは、そのお店、ただの妄想だって言い張ってたけどさ。実際、お店を経営するのって大変なんだろうし、やるかやらないかは、でたらめちゃんが自分の意志で決めたらいいと思うよ？

ただ……もしも、もしもだよ？　その『ぐりる・でたらめちゃん』を、本当にでたらめちゃんが開くことがあったとしたらさ」

「……あったとしたら？」

「……私のこと、そこで雇ってもらえないかな？」

「…………は？」

その言葉に、目を点にするでたらめちゃんだった。

「……なんですって？」

「あっ！　もちろん雇ってほしいって言っても、料理人としてじゃないよ？　私に料理なんて出来るわけないいんだし。働きたいのは、キッチンじゃなくて、ホールの方ね」

「……ホール？」

「うん、つまり接客担当ってこと」

海鳥は元気よく頷いて、

「私、それだったら何とか勤まると思うんだよね。ネットカフェのバイトとかも、そつなくこなせている方だと思うし。なにより私、接客業自体が結構好きだし」

「…………？」

が、そう説明されても、でたらめちゃんの怪訝そうな表情は変わらない。「……いや、待ってください海鳥さん。そんな急に言われても、意味が分からないですよ。私のお店で働きたいって、どうしてです？」

「……いや、それはさあ」

海鳥は、なにやら決まりの悪そうな顔を浮かべて、

「でたらめちゃんのお店でもないと……私、就職なんて絶対無理でしょ？」

「……え？」

「私を雇ってくれる企業なんて、どこにもないでしょ。だって、私が人事だったら、絶対にこんな人間雇わないもん」

ふるふる、と首を左右に振って、海鳥は言う。「こんな……頭の回転が遅くて、どんくさくて、嘘を吐けなくて、学生時代にクラスメイトの鉛筆を盗んで食べてて、ちょっとイラっとするとすぐ手が出ちゃうような女なんてさ。どこの企業も確実に願い下げだって」

「………………」

でたらめちゃんは、何とも言えなそうな目で海鳥を見返す。「……いやまあ、それは『そんなことないですよ！』とは、ちょっと言えないですけどね。特に四番目に関しては、就職面接で話したら一発アウトでしょうし」

「でしょ？　まあ四番目を面接で話すことはないだろうけどさ。そういうのって話さなくても、所作とかから滲み出ちゃうものだと思うし。とにかく私みたいなちょっと変な子には、普通の就職はかなり難しいと思うんだよ」

「……なるほど。そこで『ぐりる・でたらめちゃん』だと？」

「そういうこと。雇用主がでたらめちゃんなら、そこの問題はないわけだからね」

海鳥はニコニコと微笑んで、「ねえ、本当に考えてもらえないかな？　私、仕事は早くないかもしれないけど、人当たりの良さだけは自信あるよ？　それにお客さんに対しては、流石に暴力は振るわないつもりだし」

「…………」

「それに自分で言うのもなんだけど、勉強も出来る方だからさ。接客だけじゃなくて、お店の経理？　とかも担当できると思うし。そう考えたら私って、結構優良物件だと思わない？」

「…………」

が、上機嫌に尋ねてくる海鳥とは対照的に、でたらめちゃんの表情は微妙そうだった。

彼女は、『なんと答えたらいいか分からない』という様子で、視線を彷徨(さまよ)わせている。

「……ええと、海鳥さん」

そして彼女は、口を開いて、「……あのですね。その提案は、確かに魅力的ですし。もしそうなったら、きっと楽しいだろうなって、心から思いもするんですけど。残念ながら、期待に応えることは難しいと思います。

何故(なぜ)って、『ぐりる・でたらめちゃん』は、あくまでも妄想の産物であって……現実に実現することは、100パーセント、絶対にあり得ない――」

「ねえ、本当にお願いだってば、でたらめちゃん！」

――が、そんなでたらめちゃんの言葉を、海鳥は遮っていた。

どうやら彼女は、でたらめちゃんの言葉など、最初からよく聞いていなかったらしい。

「私、結構本気でお願いしてるんだよ！　こんなチャンス、一生の内で、そうあることじゃないだろうから！」

「…………え？」

「だって、『ぐりる・でたらめちゃん』に就職できさえすれば、その先の人生は、もう一生安泰みたいなものでしょ？」

当然のことのように、海鳥（うみどり）は告げてくるのだった。

「でたらめちゃんのお店が、繁盛しないなんて、あり得ないんだし！」

「…………」

そう、元気よく言い放たれた一言に、でたらめちゃんは口をつぐんでいた。

目の前の少女の、何の邪気もない満面の微笑（ほほえ）みに、口をつぐまされていた。

「…………っ」

そして彼女は……曖昧な、何か観念したような、泣き笑いのような顔を浮かべる。

「……本当に。あなたという人は」

そして、次の瞬間だった。

でたらめちゃんは、正面の海鳥に、抱きついていた。

「——きゃっ!?」

驚いたような海鳥の声。「え？　は？　な、なに？」

「…………」

ぎゅううううう。

立ち状態で、海鳥の身体に、白らの身体を密着させるでたらめちゃん。身長差的に、彼女の頭が、海鳥の胸のあたりにすっぽりと収まるような体勢である。

「……これが噂の、炬燵みたいなおっぱいですか」

そして彼女は、頭を胸に埋めたままで、そう呟いていた。「なるほど、納得の吸引力です。奈良さんが言うだけのことはありますね」

「…………いや、何言ってるの？」

海鳥は呆れたような目で、抱き着いてきたでたらめちゃんを見下ろす。「っていうか、なにこれ？　どういうこと？　どういう意図の行動？」

「……はあ？　意図？　意図ですって？」

でたらめちゃんはやはり頭を外さずに答える。「なんですか？　なにか意図がないと、私は海鳥さんにハグをしたらいけないんですか？」

「……いや、そういうわけじゃないけど」

「別にいいじゃないですか。たまには、こんな風に甘えたって」

でたらめちゃんは、どこか拗ねたような口調で言うのだった。「本来私には……あなたにこうする権利が、ある筈なんですから」

「……？　権利？」

「いいえ、なんでもありません。こっちの話です――そんなことより」

と、そこでようやくでたらめちゃんは、頭を外して、海鳥の方を見上げて、

「たった今の話ですけど。前向きに検討してあげてもいいですよ」

「……え？」

「『ぐりる・でたらめちゃん』の接客担当として、あなたを雇うという話です」

「…………えっ⁉」

一拍遅れて意味を理解したらしく、顔色を変える海鳥。

「えっ、えっ、嘘？　本当に？　冗談じゃなくて？」

「ええ、本当も本当です。そもそも、こっちにとっても魅力的な提案ですし」

でたらめちゃんは淡々とした口調で告げてくる。「むしろこっちの方から、一緒にやってほしいとお願いしたいくらいですよ――いつもニコニコしていて、人への思いやりに溢れた、海鳥さんみたいな人は、私のお店のイメージにもぴったりなので。

なので、この場でお約束します。もしもお店を開くことがあったのなら、そのときは、海鳥さんを必ず雇用すると。嘘しか吐けないでたらめちゃんと言えども、この約束だけは、絶対に確かだと信じていただいて構いません」

「…………！」

そんなでたらめちゃんを、海鳥はなにやら興奮した面持ちで見つめている。

「……それ、本当に本当なんだよね？　言質取ったからね？」

そして彼女は、なにやら念を押すような口調で、そう語り掛けていた。

「もしも嘘だったら、許さないからね、でたらめちゃん？」

「……ええ、もちろんですとも」

対してでたらめちゃんは、堂々とした口調で答えていた。

いつも通りの、悪戯っぽい笑みを浮かべながら。

「その約束を、私も絶対に忘れません。そんな夢物語が、いつか本当に叶うかもしれないと信じて、明日からも生きていきます。海鳥さんと一緒に幸せになれることを、なによりの目標にしようと思います。私はそれくらい、海鳥さんのことが、大好きですからね。

――これからも、どうぞよしなに、ですよ？　海鳥さん」


かくして、二人の物語は続いていく。

嘘を吐かずに、嘘しか吐かずに、続いていく。

クロとシロが、やがてハイイロになるその日まで、彼女たちの出鱈目は、終わらない。

あとがき

皆様お久しぶりです。両生類かえるです。このたびは『海鳥東月の『でたらめ』な事情』第四巻をお読みいただき、本当にありがとうございました。

さて、早速ですが皆様にお伝えしないといけないことがあります！　『海鳥東月の『でたらめ』な事情』シリーズは、この巻を以て一区切りとなります！　突然のお知らせになってしまってすみません。もしかしたら、この巻のあらすじの最後に『クライマックス』とか書いてあるので、察しのいい方はそれで気づいていたかもしれませんね。今回の話のラストシーンをもって、『でたらめちゃん』というシリーズは、いったんフィナーレです。

ただ、一応作者としては、『でたらめちゃん』で書きたいことは全部書けたのかな、という気持ちではいます。でたらめちゃんの正体とか、清涼院の嘘の内容とか、散々引っ張っていた伏線っぽいものの回収もどうにか出来たので、心残りのようなものはほとんどありません（強いていうなら、疾川を再登場させたい気持ちは少しだけありましたけどね！）。

で、せっかく最終巻ということなので、今回は『でたらめちゃん』本編の内容についてちょっとだけ語ろうかと思います。

『でたらめちゃん』という話を一言で表すなら、『いっぱい変なやつが出てくる話』だと作者は思っています。何故そんな話になったかといえば、作者が『変なやつ』好きだからです。『変なやつ』ほど面白い存在はこの世にありませんからね。まあ、『変なやつ』じゃなくて、『面白いやつ』と言い換えてもいいですが。

ただ、では何故『変なやつ』あらため『面白いやつ』は、そんなにも面白いんでしょうか？　作者はこう考えています。『実は面白くないからだ』と。

『面白い』中に、どこか『面白くない』部分があるから、そいつは面白く見えるんだ、と。たぶん世間一般の感覚だと、『面白いやつ』は面白いから面白い、みたいに思われているんだと思いますが、作者の感覚は違います。我々は、その人の『面白い』部分を見ているようで、実は『面白くない』部分を見ていて、そこを中心に面白いと思っているんです、恐らく。

もし仮に、『面白くない』部分が一つもない、『面白い』だけの人間がいたとして。その人のことを、きっと誰も（作者も含めて）面白いとは思わないでしょう。それは何故かと言えば、そんな奴は面白いとか以前に、ただ『怖い』だけだからです。『面白い』って、要するに世間一般でいうところの『怖さ』だと思うんですよね。『得体の知れなさ』とか、『理解の出来なさ』とか、『気持ち悪さ』とか言い換えてもいいですけど。

そして作者は、そんな人間の『面白い』と『面白くない』、両方が好きです。その両方があってこその、人間の面白さだと心の底から信じています。どちらか片方だけでいい、みたいなことを言う人のことは、だから知りません。少なくともそういう気持ちで、作者はこの小説を書いたつもりです。

ちなみに作者的に、一番『面白い』があって、一番『面白くない』もあると思うキャラクターは、海鳥東月（うみどりとうげつ）です。『でたらめちゃん』を書いて本当に良かったと思うことは、海鳥東月というキャラクターを書けたことです。皆様にとって、海鳥はどういうキャラクターでしたか？　もしも楽しんでいただけたなら、作者としては、それ以上の喜びはありません！


さて、以下謝辞です！

まずは一巻遅れになってしまいましたが、みかみてれん先生。三巻では素敵な帯を書いてくださり本当にありがとうございました！　特に海鳥をどういう目線で見ていただけたのかとても気になります（笑）　今後も書いていただいた帯に恥じないよう、精進していくつもりです！

飴色（あめいろ）みそ先生。素敵な漫画を執筆してくださり、本当にありがとうございます！　漫画を読ませてもらって、『えっ、海鳥ってこんな可愛（かわい）かったんや……』といつも驚いています。先生に漫画を担当していただいて本当に嬉（うれ）しいです。本編はここで一区切りですが、漫画の方はむしろこれからなので、今後ともよろしくお願いいたします！

いわゆる『でたらめちゃん動画』に関わってくださった皆さま！　数々の素晴らしい仕事を本当にありがとうございました！　三巻では逆輸入とかさせていただきました。もろもろ凄く良い経験をさせていただけたと思っています。ちなみに作者は海賊バージョンが一番お気に入りです！

甘城なつきさま。なんというか、結局最後の最後まで、スケジュール的に万全の状態で仕事していただけなかったのが本当に心残りです（すべては両生類かえるの仕事が遅いせいです）。ただ一つだけ言わせていただきたいのは、→で『でたらめちゃん』を書いて良かったことは海鳥を書けたことだと書きましたが、それ以上に嬉しいと思えるのが、甘城なつきさんにイラストを担当していただけたことでした（今回のネコミミ海鳥の破壊力は本当に凄まじかったです）。伝わるか分かりませんが、これは決してお世辞とかじゃなくて本心からの言葉です。本当にありがとうございました！　お疲れ様でした！

担当編集さま。に対しては、この場で言えることは一つしかないですね！　次の新シリーズに、今回の感謝の気持ちとか全部込めます！　お楽しみに！

そして何より、ここまで『でたらめちゃん』にお付き合いしてくださった読者のみなさん！　こんなよくわからない話に、よくここまで振り落とされずについてきてくれました！『でたらめちゃん』はここで一区切りですが、今後の作者の活動についても、もし興味があればチェックしていただけると幸いです！　本当に本当にありがとうございました！　ちなみに次の新シリーズは、たぶん『極道ちゃん』を書きます！　どうぞお楽しみに！

それでは皆様、次は新シリーズでお会いしましょう！　さようなら！

MF文庫J

海鳥東月の『でたらめ』な事情4

2023年3月25日　初版発行

著者　両生類かえる

発行者　山下直久

発行　株式会社KADOKAWA
〒102-8177 東京都千代田区富士見2-13-3
0570-002-301（ナビダイヤル）

印刷　株式会社広済堂ネクスト

製本　株式会社広済堂ネクスト

Printed in Japan　ISBN 978-4-04-682214-7 C0193

●お問い合わせ
https://www.kadokawa.co.jp/（「お問い合わせ」へお進みください）
※内容によっては、お答えできない場合があります。
※サポートは日本国内のみとさせていただきます。
※Japanese text only

◇◇◇

【 ファンレター、作品のご感想をお待ちしています 】
〒102-0071 東京都千代田区富士見2-13-12
株式会社KADOKAWA　MF文庫J編集部気付「両生類かえる先生」係　「甘城なつき先生」係